*Este libro
es tu pasaporte
para viajar por
el tiempo.*

*¿Podrás subsistir
en la época
de los samurais?
Pasa la página
para averiguarlo.*

Títulos Publicados:

EL SECRETO DE LOS CABALLEROS
Jim Gasperini/ilustraciones: Richard Hescox

AL ENCUENTRO DE LOS DINOSAURIOS
David Bischoff/ilustraciones: Doug Henderson y Alex Nino

LA ESPADA DEL SAMURAI
Michael Reaves y Steve Perry/ilustraciones: Steve Leialoha

LA RURA DE LOS PIRATAS
Jim Gasperini/ilustraciones: John Pierard et Alex Nino

LA GUERRA DE SECESION
Steve Perry/ilustraciones: Alex Nino

LOS ANILLOS DE SATURNO
Jim Gasperini/ilustraciones: Kenneth Smith

LA ERA GLACIAR
Dougal Dixon/ilustraciones: Doug Henderson y Alex Nino

EL MISTERIO DE LA ATLANTIDA
Jim Gasperini/ilustraciones: Kenneth Smith

EL PONY EXPRESS
Stephen Overholser/ilustraciones: Steve Leialoha

LA REVOLUCIÓN AMERICANA
Arthur Byron Cover/ilustraciones: Walter Martishuis y Alex Nino

La espada del samurai

Michael Reaves y Steve Perry

Ilustraciones: **Steve Leialoha**

J. T. Colby & Company, Inc.

Fournisseurs d'instruments et
d'accessoires de voyage
dans le temps™

Habent sua fata libelli

Para Diane, por supuesto;
Y para los Jueves por la Noche Irregulares
en Balmer 205
—SCP

Para Len y Chuck - La Banda Azul
—JMR

Agradecimientos especiales a Ann Hodgman, Ron Buehl,
Anne Greenberg, David Harris, Lucy Salvino y Pauline
Bigornia.

Editores asociados: Ann Weil y Jim Gasperini

J. T. Colby & Company, Inc.
Manhanset House
Dering Harbor, New York 11965-0342
bricktower@aol.com
bricktowerpress.com

ISBN: 978-1-59687-907-2
2025

¡ATENCIÓN, VIAJERO A TRAVÉS DEL TIEMPO!

¡Eres una persona de suerte! Sí, en este momento tienes en tus manos una... ¡máquina del tiempo! En efecto, este libro es tu máquina del tiempo. No lo leas de un tirón, del principio al fin. Dentro de un momento recibirás instrucciones para cumplir una misión, una tarea especial, que te llevará a otro período de tiempo. A medida que te enfrentes con los peligros de la historia, la máquina del tiempo te presentará con frecuencia opciones de adónde ir o de qué hacer.

El presente volumen también contiene un banco de datos para informarte de la época en que vas a vivir. Puedes utilizarlo para desplazarte con mayor seguridad a través del tiempo. O bien tomar tus decisiones sin consultarlo. Tú debes resolver ese extremo.

IMPORTANTE

Al final de este libro hay una lista de datos. Contiene sugerencias para ayudarte si no estás seguro de qué camino has de emprender. Este símbolo aparece al lado de todas las elecciones para las cuales existe una sugerencia en la lista de datos.

Con objeto de terminar tu misión lo más deprisa posible, y con éxito, puedes emplear a la vez el banco de datos y la lista de datos.

Hay una conclusión correcta a esta misión. Debes llegar a ella... o ¡arriesgarte a quedar perdido en el tiempo!... y recuerda que tienes a tu disposición el banco de datos y la lista de datos.

LAS CUATRO REGLAS PARA VIAJAR A TRAVÉS DEL TIEMPO

Cuando empieces tu misión, debes observar las reglas siguientes. Los viajeros por el tiempo que no las cumplen se arriesgan a quedar perdidos en él, para siempre...

1. No mates a ninguna persona ni animal.

2. No intentes cambiar la historia. No dejes nada del futuro en el pasado.

3. No lleves a nadie contigo cuando franquees la barrera del tiempo. Evita desaparecer de un modo que asuste a la gente o la haga sospechar.

4. Sigue las instrucciones que te dé la máquina del tiempo y elige entre las opciones que te ofrezca.

TU MISIÓN

Tu misión es retroceder al Japón del shogunado y volver con la espada del samurai más famoso de la historia.

«La espada es el alma del samurai.»

Se trata de una famosa leyenda del Japón medieval, cuando los samurais luchaban en las batallas con espadas, lanzas y otras armas blancas. Desde el año 900 a.C. hasta 1870, la espada era lo más importante que poseía un samurai. Ningún samurai se apartaba nunca de su arma, la tenía junto a sí incluso cuando dormía.

De todos los samurais del Japón, el más famoso —y el mejor espadachín— fue Miyamoto Musashi, que vivió de 1584 a 1645. Viajó por todo el Japón la mayor parte de su vida, para estudiar técnicas de lucha y combatir en duelos y batallas.

Tu misión consiste en encontrar a Musashi y apoderarte de la espada que lo hizo famoso. Para tener éxito entre los samurais, debes actuar según un código de honor. Has de proceder con cuidado. En esa época, el Japón es un lugar peligroso: cualquier samurai que lo desee puede cortarte la cabeza... ¡sin tener ningún motivo para ello!

Para activar la máquina del tiempo, pasa la página.

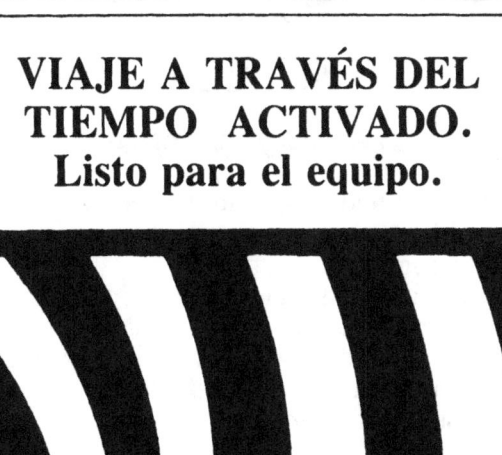

**VIAJE A TRAVÉS DEL TIEMPO ACTIVADO.
Listo para el equipo.**

EQUIPO

Llevarás contigo un dibujo de cómo era Miyamoto Musashi a la edad de unos cuarenta años, para que te ayude a reconocerlo.

Vestirás ropas adecuadas a la época histórica en que se desarrolla tu aventura; sólo dispones de un bolsillo pequeño donde guardar cosas. Escoge uno de los tres objetos indicados a continuación para llevarlo contigo, pues podría serte útil durante tu misión.

1. Cerillas.
2. Peine.
3. Pastillas de gelatina.

○ **Para empezar tu misión, pasa a la página 1.**

○ **Para saber más cosas acerca de la época en que vivirás, pasa a la página siguiente.**

BANCO DE DATOS

Estos detalles sobre los samurais y el Japón medieval te ayudarán a completar tu misión.

1. El honor era lo más importante para un samurai, incluso que su propia vida.

2. Sólo los samurais estaban autorizados a llevar dos espadas.

3. En la época de Musashi, la ley autorizaba a un samurai a matar a cualquiera.

4. Los ninjas eran unos espías y asesinos en extemo peligrosos. A menudo vestían de negro. Un ninja no era un samurai.

5. Tanto los samurais como los ninjas tenían miembros femeninos en sus órdenes respectivas.

6. Musashi nació en el poblado de Miyamoto, en la provincia de Miyasaka. Como muchos japoneses, tuvo nombres distintos en diferentes edades. Cuando niño se le conocía con el nombre de Ben No Suke, y de joven llevó el nombre de Takezo.

7. Musashi poseyó varias espadas durante su vida.

8. El estilo de usar dos espadas, una larga y una corta a la vez, lo desarrolló Musashi.

9. A Musashi se le llama a veces Santa Espada, o Kensei.

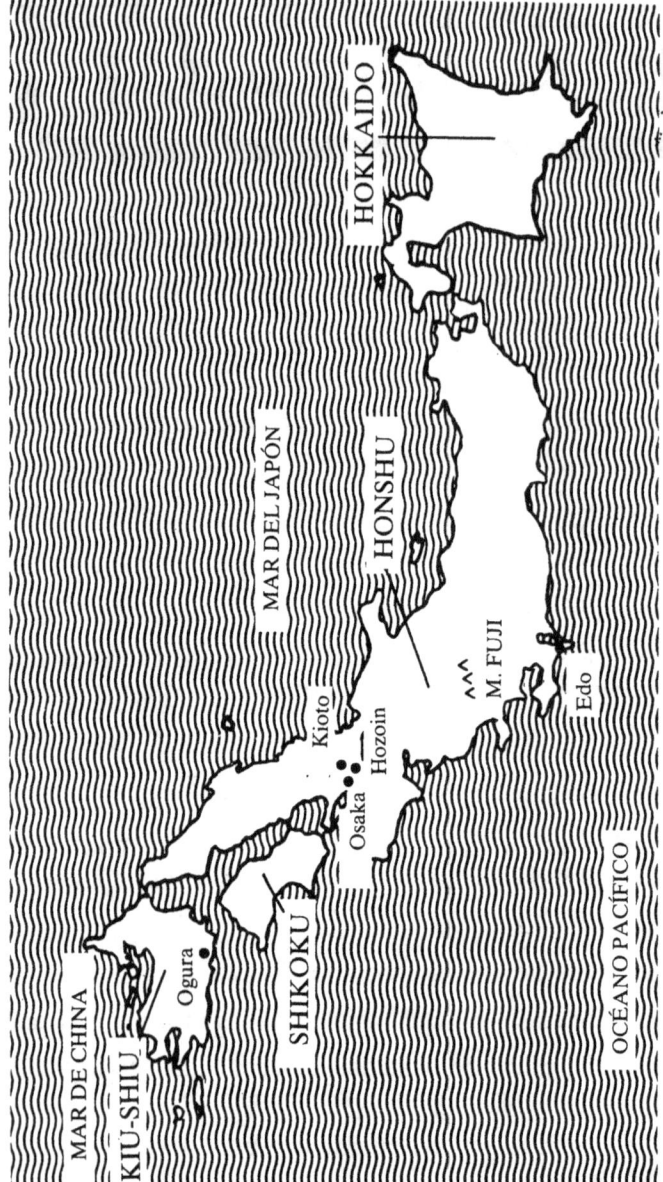

10. Poco antes de morir, Musashi escribió un libro titulado *Un libro de cinco anillos,* acerca de la estrategia y táctica militares.

11. Musashi pasó los últimos días de su vida en una cueva.

12. Uno de los consejos favoritos de Musashi era: «Seguid el camino del agua.» Con ello quería decir, entre otras cosas, que un samurai debería aprender a moverse de manera tan fluida como lo hace el agua.

13. Hacia 1634, Musashi fundó una escuela en el pueblo de Ogura, en la isla de Kiu-Shiu.

14. El shogun era una especie de delegado del emperador y gobernaba durante la época de Musashi.

15. En vida de Musashi existían dos ciudades principales en el Japón: Edo, capital del shogunado, y Kioto, la ciudad imperial.

16. En 1615, Musashi participó en la batalla del castillo de Osaka.

**BANCO DE DATOS
AGOTADO.
PASA LA PÁGINA PARA
EMPEZAR TU MISIÓN.**

Estás en un pueblecito un caluroso día de verano. Todas las casas son de bambú y ramas, excepto una grande, que parece construida con barro y tablones.

En la puerta de la casa grande hay un cartel escrito en japonés.

Pero notas algo raro. Se diría que el pueblo está abandonado, que tiene algo de irreal. Oyes gritos y pasos precipitados en la esquina de la casa grande de barro y decides averiguar qué sucede, pues quizá esté relacionado con tu misión.

Dos hombres se enfrentan con espadas largas y curvadas. ¡Visten como los samurais! Detrás de ellos brilla una fuerte luz. El sol tiene una apariencia extraña, como si hubiera cuatro soles en lugar de uno, en extremo cegadores.

—¡Prepárate a morir! —dice, casi grita, uno de los hombres.

Su espada centellea herida por la luz.

—Siempre estoy preparado a morir —contesta el otro.

Observas detenidamente a los dos guerreros. Uno de ellos lleva una chaqueta rasgada y sucia con mangas cortas —un quimono, adviertes— y pantalones. Sostiene dos espadas, una larga y otra corta. Tiene un aspecto familiar. ¿Será Musashi? Sacas el retrato de

Musashi de tu bolsa y lo miras. Sí, podría ser Musashi. El otro samurai, que lleva armadura completa, incluido el casco y una máscara extraña, dice en un tono solemne:

—Me siento honrado de cortar la cabeza a Miyamoto Musashi.

Es Musashi. ¡Qué suerte que lo hayas hallado tan pronto!

—Ni todos los hombres de Ieyasu en Sekigahara podrían cortarme la cabeza —le replica airado Musashi—. ¿Por qué debería permitir que lo hicieras precisamente tú?

El otro guerrero salta hacia Musashi. Los dos hombres se mueven tan deprisa que apenas logras distinguir lo que están haciendo. De pronto, el samurai de la armadura yace en el suelo con la espada tirada en el polvo, a poca distancia. Musashi está de pie al lado de su adversario; sus espadas brillan como espejos. ¡Musashi ha desarmado al otro guerrero y ha vencido limpiamente!

Te precipitas a felicitarlo.

—¡Oye!

—¡Detente! ¡Necio!

La gente grita. ¡Te increpa! No puedes verla porque la luz es demasiado intensa. ¿Qué son esas luces? ¿Por qué la gente se enfada tanto? Das media vuelta y corres en dirección contraria. Divisas una tienda y corres hacia ella. Pero cuando llegas detrás de la tienda, te detienes, confundido. ¡La tienda no es real! Sólo consiste en una fachada, detrás de la cual hay unas tablas de madera que la sostienen y gruesos cables eléctricos negros y caballetes.

¿Qué ocurre?

Alguien te agarra por los hombros y te zarandea. Lleva pantalones vaqueros, modernos zapatos de tela y una camiseta con un dibujo de Godzilla. ¿Qué puede hacer vestido así en el Japón antiguo? ¡Es algo imposible!

—¿Qué haces aquí? —te pregunta, enojado, el hombre—. ¡Esto es un estudio cinematográfico cerrado al público!

Otras personas te rodean, incluido Musashi. Ahora adviertes que va maquillado.

Te das cuenta de lo que ha pasado. En lugar de conducirte al verdadero pueblo de Musashi en el Japón antiguo, la máquina del tiempo te ha llevado a un estudio cinematográfico… ¡donde se rueda una película que trata de su vida!

Uno de los técnicos te conduce fuera del plató, más allá de las cuatro brillantes luces y del escenario de la fingida pelea.

Cuando abandonas el estudio, te fijas en una hoja de papel pegada en la pared. Comunica que la próxima escena que filmarán se desarrollará íntegramente en la provincia de Musashi, en la fragua del espadero Kanemitsu.

¡Bien! Ahora sabes un par de datos que antes no conocías: primero, que Musashi luchó en la batalla de Sekigahara, y segundo, el nombre de un espadero: probablemente el que hizo la célebre espada de Musashi.

Miras al hombre que te lleva fuera del estudio cinematográfico.

—Perdóneme —le dices—, pero ¿sabe cuándo se produjo la batalla de Sekigahara?

El hombre afirma con la cabeza.

—Sí, lo sé: fue en septiembre del año 1600, en la llanura de Sekigahara… de ahí su nombre.

Le das las gracias mientras te deja a la puerta del estudio cinematográfico.

¡Tu decepción no tiene límites! No logras explicarte el malentendido de esta confusión de escenarios. No parece que hayas empezado tu misión con buen pie.

Musashi debió de ser un hombre joven en aquella batalla. Quizá podrás encontrarlo.

Retrocede hasta la batalla de Sekigahara, en 1600. Pasa a la página 11.

Te hallas solo en una playa. Las olas bañan las rocas y te salpican. Las gaviotas graznan y vuelan en círculo sobre tu cabeza. ¿Dónde y en qué época te encuentras?

Avanzas por la playa. Cuando pasas por un peñasco, ¡dos hombres saltan y te agarran! Son corpulentos, de grandes bigotes y expresión maligna, y van vestidos con ropas de cuero adornadas con pieles.

¿Quiénes son?

Los dos tipos te atan los brazos y te obligan a caminar delante de ellos. Uno muestra una gran cicatriz a lo largo de la cara. Te pincha con una espada corta y recta.

—¡Apresúrate! —te ordena.

Te empuja detrás de una gran roca y se detiene. Cientos de barcos de madera y brillantes velas se hallan anclados en aquella bahía. En la playa hay un millar de hombres vestidos como los que te han capturado.

Te conducen ante un hombre imponente, de cuyo cinturón de cuero cuelgan una ancha espada y tres dagas. Se atusa el largo mostacho y te mira fijamente.

—Soy Kublai, kan de todos los mongoles, nieto del gran Genghis Kan —manifiesta—. ¡Hemos venido para conquistar el Japón! ¡Te conviene jurarme fidelidad!

Te llevan a una empalizada cercana. En ella hay otros prisioneros, todos japoneses. Te acercas a un hombre alto, con un brazo vendado.

—Perdóneme —le dices—, ¿quiénes son éstos?

—¿No has oído hablar de los bárbaros mongoles procedentes de China? Hubiera creído que todo Kiu-Shiu sabía quienes eran —te contesta y sonríe amargamente.

—He estado… viajando —aclaras—. He perdido la cuenta de muchas cosas, incluso no sé en qué año estamos.

—Eso es muy fácil de establecer —te contesta—. Estamos en el octavo mes y el vigésimo quinto día de Hachi-gatsu —esto significa el 25 de agosto.

—¿De qué año?

—¿De qué año? Debes de haber viajado mucho. Estamos en 1281.

¡En 1281! Te hallas en el siglo XIII, en plena invasión mongola. Todavía faltan trescientos años para que nazca Musashi.

Oyes gritos y fragor de batalla detrás de las colinas próximas. Un gran grupo de mongoles se mueve en la cumbre de los montículos, empujado hacia atrás por un ejército de samurais. Los mongoles que os vigilan se ponen de pie de un salto y empuñan sus lanzas.

—¡Moveos! —os gritan.

Los guardianes os empellan hacia la playa donde están anclados sus barcos. A bordo ya de una nave mongol, te conducen a una bodega oscura y maloliente y te encadenan a la pared. Hay muchísimos prisioneros metidos contigo en aquel reducido espacio. Allí no puedes franquear la barrera del tiempo, porque lo notarían. Te entra sueño y caes dormido.

Te despiertas a causa de un brusco movimiento. El barco da tumbos. Distingues una grieta en la madera, a la que te llegas arrastrándote y te las arreglas para mirar por ella.

El cielo se ha llenado de negras nubes. De pronto empieza a llover copiosamente.

El navío da otra sacudida y te lanza contra un hombre que está detrás de ti. Afuera, el viento aúlla con más fuerza y crece el ruido de la lluvia encima de la cubierta, situada sobre tu cabeza.

El barco parece levantarse sobre un extremo, y tú y los demás prisioneros sois arrojados a la otra punta de la bodega.

El peso de todos es excesivo para la cadena y ésta se rompe: ¡estás libre!

Te las apañas para abrir rápidamente la escotilla y salir a cubierta.

¡Se aproxima imparable una ola gigantesca! A pesar de que la nave se tambalea violentamente, los hombres se lanzan órdenes los unos a los otros.

Avanzas a gatas hasta la baranda. Por un minuto, parece calmarse el viento y disminuir la lluvia. No lejos hay otros barcos y...

¡El navío es arrastrado con violencia hacia una playa rocosa!

A la velocidad que marcha el barco se estrellará contra las rocas y quedará hecho astillas.

Uno de los prisioneros que está cerca de ti rompe a reír. ¡Debe estar loco!

—¿No es maravilloso? —exclama—. ¡El tifón destruirá a los invasores! ¡Los dioses están protegiendo nuestras islas! Es un kamikaze: ¡un viento divino!

—¡Pero nosotros pereceremos con ellos! —le objetas.

—Eso no importa —te contesta y se encoge de hombros.

Meneas la cabeza. Quizá no sea importante para él,

pero tú no quieres estrellarte ni ahogarte. Tienes una misión que cumplir.

Una ola enorme levanta la nave. Cuando el agua retrocede, adviertes que tu interlocutor ha sido arrastrado por ella. Otra ola está a punto de caer sobre el barco. No hay nadie en cubierta.

Has ido trescientos años más allá de la época que buscabas. Deberías avanzar tres siglos para situarte en el tiempo de Musashi. Pero, ¿adónde?

Avanzas trescientos años y te sitúas en Edo. Pasa a la página 24.

Avanzas trescientos años y te sitúas en Osaka. Pasa a la página 44.

En 1600 te encuentras en la llanura de Sekigahara, franja de tierra larga y poco accidentada con grupos de árboles de trecho en trecho. A tu alrededor luchan miles de hombres. Una flecha pasa silbando cerca de tu oreja: ¡ziiip!

Te tiras al suelo cuando cruza un samurai montado a caballo. Desde lo alto de una peña, otro samurai se arroja sobre el jinete y lo derriba del caballo. Los dos hombres caen en una charca. El agua salpica en todas direcciones mientras luchan a brazo partido y se increpan.

¿Cómo hallarás a Musashi en este infierno? Hay hombres por todas partes, que se hieren con espadas, gritan y maldicen. Visten extrañas armaduras: yelmos de redondeadas terminaciones, guanteletes y corazas para el pecho y las piernas.

Oyes un terrible estrépito a tu espalda: ¡Boom! Te giras, un samurai con armadura completa, sostiene un arma de aspecto extraño y casi tan alta como él. Acaba de cargarla. ¡Parece que va a disparar en tu dirección!

Corres hacia el grupito de árboles próximos, pero esquivas a los combatientes de sangrientas espadas.

Por fortuna, la batalla pronto se aleja de ti, aunque han quedado tendidos en el campo muchísimos heridos y muertos.

No lejos de ti yace un hombre joven, que sangra a causa de una herida de bala en la cadera.

Te inclinas hacia él. Tiene la cara cubierta de sangre y barro. Comienzas a secarle la sangre de la cadera. Por allí cerca encuentras una botella de agua y un estandarte de tela y empiezas a vendarle la herida.

—¿Quién eres? —te pregunta, y se apoya en un codo.

—Un amigo —respondes.

—Mucho mejor. No aceptaría ayuda de un enemigo. Me llamo Takezo —dice en voz muy baja y vuelve a tumbarse—. Soy de la provincia de Mimasaka.

¡Perfecto! Tal vez conozca a Musashi; ambos son de la misma provincia. Te dispones a hacerle preguntas cuando oyes caballos al galope. ¡Se acercan unos samurais! Quizá sean enemigos de Takezo. Su herida no es mortal, pero los samurais pensarán que está muerto si permanece inmóvil en el suelo. Aunque llevas ropas japonesas, no pareces un samurai. ¡Tratarán de capturarte o de matarte!

Tal vez deberías adelantarte quince años e intentar dar con Musashi cuando sea más famoso, o procurar esconderte para poder hacer preguntas a Takezo. Por entre los árboles ves un guerrero herido que se te acerca amenazadoramente. Elige con rapidez.

Te quedas y hablas con Takezo.
Pasa a la página 28.

Te adelantas quince años.
Pasa a la página 24.

ATRAVIESAS el teatro hacia el hombre que tanto te ha ayudado, para preguntarle acerca de Hozoin.

De pronto, una mano ruda te agarra por el hombro. ¡Es uno de los soldados!

—¿Quién eres? —te espeta rudamente—. ¡No te conozco!

Aquí resulta peligroso ser forastero, y no puedes probar que eres un ciudadano. ¿Qué argumentos llegarían a convencerle?

El soldado te saca a rastras del teatro y te conduce a la cárcel de la ciudad, donde te encierran en una celda con otros presos. El aire huele a podrido. Las personas que te rodean visten andrajos y parecen no haber comido nada desde hace semanas. En realidad, todo es muy deprimente.

En un rincón hay el sacerdote jesuita cuya detención contemplaste. Te abres paso entre los malolientes y sucios presos hacia él. Quizá ese jesuita podrá ayudarte a entender algo de cómo van las cosas en este país.

—Padre, ¿qué delito han cometido, por qué les han arrestado?

—Hijo mío, los japoneses temen a los extranjeros —te aclara—. Incluso ahora, sólo permiten que haya algunos europeos en el país, y únicamente en ciertas

partes de él. Yo salí de los límites establecidos. Mi destino está en las manos de Dios —se encoge de hombros y no parece preocupado—. Tal vez hubiera debido marchar con mi hermano a las nuevas tierras del oeste, las Américas —añade—. Creo que incluso los pieles rojas serían más fáciles de entender que esos japoneses. Pasé casi dos años en un barco desde Lisboa y cinco más en esta tierra; a veces pienso, con nostalgia, que nunca más volveré a ver mi casa, a los míos, a mi mundo.

—¿Qué cree que nos sucederá? —le preguntas con ansiedad.

—Probablemente nos utilizarán para probar hojas de espada... para comprobar lo afiladas que están. A veces logran atravesar dos o tres cuerpos de una estocada. Un hombre oyó decir que le cortarían por la mitad y se tragó un montón de piedras, sin pensárselo mucho. Cuando el verdugo le clavó la espada, se rompió contra las piedras que aquel infeliz tenía en el estómago.

Te estremeces. ¡Qué horrible! ¡Esto es una salvajada inconcebible!

De repente, sale de las tinieblas un anciano que se abalanza contra ti y te agarra por el cuello con ambas manos. Empieza a estrangularte. Tropiezas con un preso que está detrás de ti y caes. Cuando te levantas para ponerte a salvo, chocas contra una lámpara llena de aceite de olor rancio, que se derrama al punto. La sucia paja del suelo pronto queda envuelta en llamas.

—¡Fuego! —grita alguien.

—¡Por aquí! —dice en voz lo suficientemente alta el sacerdote.

Los presos huyen por un agujero practicado en el muro. Los sigues pero, de súbito, una mano te sujeta por el pie.

Te las arreglas para liberarte, pero ahora el humo es tan espeso que no puedes ver nada. Sería mejor que franquearas la barrera del tiempo aquí mientras estás oculto por el humo.

Te escapas del fuego.
Pasa a la página 32.

EN el año 1603 llegas a la provincia de Musashi. Un anciano, que lleva sendos cubos colgantes de los extremos de una pértiga colocada horizontalmente sobre sus hombros, avanza por un camino estrecho y sucio.

—Perdone —le dices—, ¿sabe dónde está la tienda del espadero Kanemitsu?

—Sin duda —afirma el viejo con la cabeza—. Aquí todo el mundo lo sabe. La tienda de Kanemitsu es el último edificio del camino que sale del pueblo —señala la polvorienta carretera que hay a su espalda.

Le das las gracias y sigues andando. Kanemitsu hizo la primera espada de Musashi y te interesa saber exactamente cuándo.

Cerca ya del último edificio —pequeña estructura de madera— se te acerca un muchacho, mucho más corpulento que tú, vestido con un quimono sucio, pantalones y un delantal de cuero con quemaduras y partes chamuscadas.

—¿Qué haces aquí? —te pregunta.

—Quiero ver al señor Kanemitsu —le contestas.

—¡Ni soñarlo! —El joven se ríe—. Está trabajando en la fragua, forja una hoja de espada.

—Sólo quiero hablar con él —insistes—. No quiero molestarle.

—¡Estúpido! —te dirige una mirada despectiva—.

Nadie puede estar presente cuando se forja una espada. ¡Es un proceso secreto! Sólo los ayudantes del maestro pueden mirar —el chico se golpea ligeramente el pecho—. Soy Hoju, el ayudante principal, y te ordeno que te marches.

—Esto es ridículo —le objetas—. ¡No soy un espía! Sencillamente, necesito hablar con...

—¿Ridículo? ¿Dices que mi maestro es ridículo?

—No, no he dicho eso...

Pero es demasiado tarde. Hoju empuña un largo palo a guisa de espada y se lanza contra ti.

Te giras y sales corriendo. Puede que él sea más corpulento, pero tú eres más rápido. Tras escabullirte por las cabañas del pueblo, dejas atrás a Hoju.

Caminas en círculo, de retorno a la casa de Kanemitsu. Por allí, ni rastro de Hoju, aún debe andar buscándote.

Te acercas con prudencia a la puerta.

Cuando tratas de mirar dentro, una voz te llama.

—Pasa, pasa: no te quedes ahí perdiendo el tiempo.

Entras en la habitación: es un infierno. El sudor te baña la cara y el cuello. El calor proviene de una gran piedra y de un horno de ladrillos colocado casi en el centro del cuarto. Por un agujero del techo sube un humo espeso, pero una parte de éste permanece en la habitación.

—¡Hola! —te dice un hombre con la cara ennegrecida por el humo, y te sonríe y saluda con la cabeza—. Debes ser el nuevo ayudante del pueblo de al lado. Ven, necesitamos tu ayuda. El inútil de Hoju no está aquí para hacer su trabajo, de modo que puedes ayudarnos. ¿Has trabajado antes con un espadero?

—No, señor —le contestas y te inclinas cortésmente.

—Bien, entonces mira y yo te enseñaré.

Encima de un bloque de piedra, cerca de la parte delantera de la forja, dos ayudantes sostienen una barra de acero al rojo vivo, con tenazas de largos mangos. Dos ayudantes más se turnan para golpear el acero con pesados martillos. Cuando la barra se halla algo aplanada, Kanemitsu se adelanta con una herramienta parecida a un cincel y la aplica al metal incandescente. El anciano suda y las gotas de sudor estallan al caer sobre el acero caliente. Un ayudante golpea el cincel y luego lo hace el otro muchacho. Después de tres o cuatro golpes de cada uno, hay una profunda estría en el acero. Kanemitsu toma unos alicates, coge con ellos la barra, y la dobla para darle la forma de dos capas de acero. Los ayudantes, sirviéndose de las tenazas, meten de nuevo la barra en el fuego.

—Fíjate. Doblamos muchas veces el metal para hacer muchas capas, que después martilleamos. Luego templamos el metal enfriándolo en agua, con arcilla especial para hacer la punta dura y el cuerpo de la hoja más flexible, de manera que no se rompa cuando la utilicen.

Asientes con la cabeza.

—Ven —te dice Kanemitsu.

Le sigues, pasas una puerta estrecha, que da a otro cuarto, todavía más pequeño, donde dos hombres pulen y afilan hojas. Kanemitsu coge una y te la muestra.

—Observa —te ordena.

Se saca un fino pañuelo de seda del quimono y lo tira al aire. Mientras cae suavemente, el maestro sostiene la hoja de espada debajo de aquél, con el filo apuntándole. El pañuelo se posa sobre ella... ¡y se parte netamente en dos! Coges los dos trozos de pañuelo y miras sus bordes, sólo están un poco deshilachados.

Kanemitsu frunce el entrecejo al verlos. Se vuelve hacia uno de los hombres que afilan las hojas y exclama:

—Ésta nunca servirá. ¡Tiene poco filo!

No sales de tu asombro. Ésta, la hoja más afilada que nunca jamás hayas visto, ¿cómo puede tener poco filo?

—Perdone —le preguntas al anciano— ¿forjó usted una espada para un tal Miyamoto Musashi?

—Creo que no —contesta Kanemitsu.

¡Vaya! A menos que el guionista se haya equivocado, has llegado aquí demasiado pronto, antes de que Musashi encargara su espada.

De improviso, un hombre corpulento, de cara obscura, fiera y bigote caído, entra en la habitación.

—¿Dónde está la espada que me prometiste, viejo?

Kanemitsu se dirige calmosamente a un arca de madera situada junto a la pared y la abre. Saca de ella una espada resguardada por una vaina de madera, da media vuelta y la entrega al samurai.

El hombre blande espada y vaina al mismo tiempo, luego desenvaina el acero, que silba —¡ziing!— al salir de la vaina.

—¡Ah! Ahora hay que probarla —el guerrero te mira—. ¡Tú! —y sonríe malignamente—. Gracias a Amaterasu por proporcionar a Koura alguien con que probar su espada.

—¿Qué? —miras a Kanemitsu—. ¡No puede hacer eso! —adviertes a Koura.

—Me temo que sí —sentencia Kanemitsu—. La ley permite a los samurais hacerlo.

Te giras de nuevo hacia el corpulento samurai, el cual ha levantado la espada por encima de su cabeza. Sabes lo afilada que debe estar... ¡te podría partir en dos!

Bueno, quizá aquí la ley se lo permita, pero no hay ninguna ley que diga que debas permanecer quieto y consentírselo. Das la vuelta y corres hacia la puerta de la casa.

—¡Detente! —grita Koura, y te persigue.

Oyes los pasos del guerrero pegados a tus talones.

Notas el viento que levanta su espada cuando corta un gran pedazo de arbusto mientras te busca. Ha llegado el momento de franquear la barrera del tiempo, ¿pero adónde? Sabes que Musashi fue famoso por sus virtudes guerreras, por lo cual quizá deberías buscarlo en un campo de batalla.

**Anticípate,
y ponte en el castillo de Osaka.
Pasa a la página 44.**

**Retrocede,
y sitúate en la costa del Japón.
Pasa a la página 6.**

CORRE el Roku-gatsu —el sexto mes—, o sea, el mes de junio del año 1615. Cerca de un granero, en las afueras de una ciudad bastante grande, ves un cartel: te hallas en la ciudad de Edo.

Te acercas a un grupo de personas, observas que varios soldados rodean a un hombre vestido de modo extraño.

—¿Qué pasa? —preguntas a una mujer.

—Han arrestado a un diablo extranjero —te contesta—. Un sacerdote del dios occidental, un jesuita.

—¿Por qué lo arrestan?

—¿Quién sabe? No permitimos que haya muchos diablos extranjeros en nuestro país —la mujer escupe en el suelo—. ¡Todos son unos bárbaros!

Adviertes que no todos los soldados se llevan al sacerdote. Algunos miran hacia el grupo de gente. ¡Se han fijado en ti!

Los soldados se dirigen al grupo. Sabes que la ley les permite matar a cualquiera que no les guste, por lo cual das media vuelta y te mezclas rápidamente con la multitud.

Hombres y mujeres entran precipitadamente en un edificio. Los sigues.

Es un teatro. Te sientas en un largo banco de madera en el momento en que empieza el espectáculo.

El telón se levanta y muestra a varios actores vestidos con trajes muy brillantes. Algunos llevan máscaras de madera; otros, la cara pintada de blanco. Te resulta difícil entender lo que representan, porque los actores hablan mediante acertijos y canciones.

El público no guarda el silencio debido. Habla, ríe

y actúa más como invitado a una fiesta que como espectador de una obra.

A tu lado se sienta un hombre, que lleva un quimono de seda azul. Parte de su cabeza está afeitada y el poco cabello que aún conserva parece rociado en exceso con laca.

—Discúlpeme —le dices—. Nunca he asistido a una representación como ésta. ¿Cuál es el argumento?

El hombre sonríe y muestra sus dientes ¡pintados de negro!

—Esta obra trata de un samurai viajero, llamado ronin —te responde—. Es el samurai que recorre el país luchando en duelos y aprendiendo el arte de la guerra. ¿Ves a aquel hombre? —cuando lo señala, adviertes que tu interlocutor se ha pintado de azul las uñas.

Afirmas con la cabeza.

—Es el famoso actor Sunji: representa a Miyamoto Musashi. Habrás oído hablar de él, ¿no?

—Oh, sí.

He tenido suerte, piensas.

Ahora podrás saber cosas de Musashi, a salvo en un teatro en lugar de hallarte en un campo de batalla.

Una mujer entra en escena: se dirige al actor que encarna a Musashi y exclama:

—¡Oh, Takezo, no te alejes de mí! —llama a Musashi por su nombre de adolescente.

Tu compañero se inclina hacia ti y te confiesa:

—La mujer es un hombre vestido de mujer. Todos los papeles de mujer los representan hombres, en el teatro no.

Oyes murmullos a tu espalda. Los mismos soldados que arrestaron antes al sacerdote se hallan ahora en el teatro y hacen preguntas a varias personas del público. Si esperas a que te pregunten, estás seguro de que

no les gustarán ninguna de tus respuestas. Será mejor que te marches.

Oyes decir al actor que hace de Musashi, mientras sales:

—Me voy a estudiar a Hozoin. Debo partir.

Hozoin: el nombre de otro sitio donde puedan estar Musashi. ¿Merecerá la pena ir allí?

Miras al hombre con que hablaste de la obra. Puedes preguntarle cosas de Hozoin o bien seguir aquí, en la ciudad de Edo, buscar una biblioteca y enterarte de lo que te interesa acerca de Hozoin.

Buscas una biblioteca.
Pasa a la página 32.

Vuelves sobre tus pasos, en el teatro.
Pasa a la página 14.

Le dices a Takezo, que está inconsciente, mientras lo sacudes, tras haberle inclinado:

—¡Despiértate!

El joven abre los ojos.

—¡Se acercan soldados —le urges—. Hemos de escondernos ahí, entre los árboles.

Has decidido quedarte con Takezo porque sabes, por el banco de datos, que Takezo era el nombre que Musashi usó de adolescente.

Lo ayudas a levantarse. Os las apañáis para ocultaros, a trancas y barrancas, detrás de los árboles; Takezo utiliza su lanza como una muleta.

Los samurais, cabalgando, pasan de largo.

Ahora dispones de tiempo para pensar. Has cumplido parte de tu cometido: has encontrado a Musashi. Pero todavía no tiene una espada.

Takezo parece a punto de desmayarse. Lo ayudas a tenderse en el suelo, le das un sorbo de agua y le secas el rostro.

—Seguid... el camino del... agua —murmura en voz muy baja.

Vuelves a oír ruido de cascos. ¡Los samurais regresan! Miras a Musashi. Sabes que se curará: la historia dice que todavía vivió mucho tiempo después de esta batalla.

—¡Demonio! —grita de súbito Musashi, y te mira con fijeza—. ¡Te mataré!

¡Acabas de ayudarlo y ahora cree que eres un enemigo! Se levanta trabajosamente, blande su lanza y arremete contra ti, pero trepas rápidamente a uno de los árboles. Musashi está demasiado débil para subir. Al cabo de un minuto, cae al suelo, inconsciente de nuevo.

Incluso si pudiera hablar no te ayudaría mucho. Todavía no tiene espada, usa una lanza. ¡Claro! No consiguió su primera espada hasta los diecinueve años... y en 1600 sólo tenía dieciséis o diecisiete años de edad.

Tal vez deberías adelantarte al tiempo. En el estudio cinematográfico te enteraste del nombre de su espadero, Kanemitsu, de la misma provincia que Musashi. Si fueras allí cuando Musashi tuviera diecinueve años, quizá podrías echarle una larga ojeada a su espada.

Cinco samurais llegan bajo el árbol. No se molestan, en absoluto, en atacar a Musashi porque suponen que está muerto.

Mientras están hablando, te inclinas sobre tu rama para observar mejor lo que ocurre. Un samurai mira hacia arriba y te ve.

—¡Aieee! —vocifera.

Da un salto con la espada en alto y trata de alcanzarte con ella.

Retrocedes rápidamente hasta una parte más espesa del ramaje.

—¿Qué ocurre? —le pregunta alguien.

—He visto algo; un demonio kami, me parece.

—¡Ja, ja —ríen los demás—. Así que ves espíritus en los árboles, ¿eh? ¡La batalla te ha enloquecido!

—No, ¡he visto algo!

—Bien, ¡entonces lo buscaremos!

Los samurais empiezan a dar estocadas a las ramas que te rodean. ¡Una afilada lanza casi te alcanza el pie! Ha llegado el momento de franquear la barrera del tiempo.

Pasa a la página 18.

En esta biblioteca, situada en una parte tranquila de Edo, los «libros» son, en realidad, rollos de papel grueso, escritos a mano en largas columnas de letras japonesas, que van de arriba abajo del rollo en lugar de ir de izquierda a derecha, como en las lenguas occidentales. Al cabo de unos minutos, encuentras una lista de libros sobre Musashi. A pesar de que en 1615 sólo tiene treinta años, ya ha luchado en sesenta duelos y los ha ganado todos.

Estás leyendo más cosas sobre Musashi, cuando un hombre joven, que sólo tiene un brazo, entra en la biblioteca y pasa por tu lado. Te mira, luego observa con atención los libros que lees y abre desmesuradamente los ojos.

—¿Estás leyendo sobre el ronin Miyamoto Musashi? —te pregunta.

Asientes con la cabeza.

—¿Lo conoces?

Piensas la respuesta por un segundo. Sin duda, será una buena idea decir conocer a tan famoso hombre. Y, en fin de cuentas, lo has conocido.

—Sí —le contestas—, puede usted decir eso —y sonríes.

—¡Musashi! —grita tu interlocutor, el rostro rojo de cólera—. ¡Le odio! ¡Es mi enemigo! ¡Me cortó el brazo sin ninguna razón! ¡Es un hombre cruel! ¡Si lo conoces, ¡también eres mi enemigo! —se saca un cuchillo, del quimono, y se abalanza contra ti.

Te apartas de un salto. ¿Así que Musashi puede ser cruel? A veces gente inocente se cruzaba en el camino de su famosa espada. ¡Deberás andar con cuidado! Corres por el pasillo de la biblioteca y te escondes detrás de una librería de madera, llena de polvorientos rollos de papel. Será mejor que franquees la barrera del tiempo aquí, mientras el manco no pueda verte.

Decides retroceder a un lugar que estás seguro de que Musashi visitó.

Retrocedes a Sekigahara, en el año 1600. Pasa a la página 11.

TE despiertas; un hombre, con la cabeza afeitada, te mira fijamente. Te limpia la cara con una tela fría.

—¿Cómo te encuentras? —te pregunta.

—Me duele la cabeza —le respondes; notas una hinchazón en el cuero cabelludo—. ¿Quién es usted?... ¿Dónde estoy?

—Recibiste un buen golpe —te contesta, sonriendo—. Soy Teitaro, uno de los sacerdotes de este templo de Hozoin, y cuido de las personas que se lastiman.

—Musashi —murmuras—. Busco a Miyamoto Musashi.

—¿Musashi? Ah, sí, el ronin. Estaba aquí, pero se ha marchado.

¡Oh, no! Lo has perdido.

—¿Sabe adónde ha ido?

—Me parece, según he oído, que se dirigía a la capital —dice el monje rapado—. Pero no estoy seguro.

Tratas de sentarte, pero estás aturdido y vuelves a tumbarte.

—Es mejor que descanses un rato —te aconseja.

Decides que tiene razón. Pero no puedes permanecer aquí mucho tiempo, si quieres cumplir tu misión de hallar la espada de Musashi y volver a tu época con ella.

Mientras piensas qué debes hacer, caes dormido.

Te despierta un retumbar de gongs. Te levantas y vas hacia la puerta. Más allá de la habitacioncita en que te encuentras, hay una gran estancia, con muchos sacerdotes, que de rodillas cantan sosegadamente. Un sacerdote gordo, de pie junto a un gran gong metálico, lo golpea a intervalos regulares con un mazo forrado de tela. Otro sacerdote, de larga y blanca barba, y una vara de bambú en la mano, se pasea entre los hombres arrodillados. Se detiene detrás de un sacerdote y le golpea fuertemente el hombro con el palo de bambú. Das un respingo cuando oyes el crac de la vara, pero el sacerdote arrodillado ni siquiera se mueve. Un segundo después, el sacerdote anciano se acerca a otro hombre y le pega del mismo modo.

—Meditación —dice una voz detrás de ti.

Te vuelves: es Teitaro.

—Es una forma de… orar.

—Pero, ¿por qué los golpea?

—Porque no se concentran debidamente.

—Pero, ¿cómo lo sabe? ¡Me parecen todos iguales!

—Es un maestro del zen… lo sabe.

Ya no te duele tanto la cabeza. Ahora, los estudiantes practican una especie de danza llamada *t'ai chi chuan*, aprendida de unos monjes chinos, un ejercicio de movimientos lentos. Luego, varios estudiantes se entrenan con palos de lucha.

—Magníficos luchadores —comentas al muchacho que está cerca de ti.

—Sí —te contesta—, pero Musashi podría derrotar a los dos a la vez.

—¿Conoces a Musashi? —le preguntas.

—No, pero lo he visto luchar. Sólo deseo poder verlo en los combates de kendo ante el shogun, a finales de mes, en la capital imperial.

¡Ajá!, piensas, el sacerdote dijo que Musashi iba a la capital; esto lo confirma.

Como te encuentras mejor, resuelves seguir a Musashi de inmediato. Das las gracias a Teitaro por ayudarte y te encaminas a la carretera principal, al pie de la colina del templo.

Pero has de escoger entre dos caminos principales: uno lleva a Edo; el otro, a Kioto. Hay las señales del camino, pero te confunden, pues en ambas se indica «capital» detrás del nombre de la ciudad. ¿Cómo puede ser?

—¿Cuál de las dos ciudades es la capital? —preguntas a un viandante.

—Ambas ciudades lo son —te contesta—. Una es la capital del shogunado; en la otra vive el emperador.

Estás sumido en un mar de dudas. ¿A cuál habrá ido Musashi? ¿Qué camino emprender?

Buscas a Musashi en Edo.
Pasa a la página 65.

Buscas a Musashi en Kioto.
Pasa a la página 60.

EL hombre se abalanza contra ti blandiendo un palo. Retrocedes de un salto, tiras tu vara, te vuelves y huyes. Cuando llegas a la puerta, oyes la risa de todos los que te siguen. Te insultan:

—¡Cobarde! ¡Perro! ¡Tortuga!

Al llegar a la otra puerta, entra otro samurai, que te mira de hito en hito. ¡Es Musashi! Ésta es tu oportunidad.

—¡Señor! —le pides—. Necesito su ayuda.

Varias de las personas que te increpaban de pronto aparecen detrás de ti.

—¡Ahí va el cobarde! Huye del combate, que es lo peor que se puede hacer.

Musashi pone mal gesto y menea la cabeza. Te das cuenta de que ni siquiera hablará con un cobarde.

—¡Para, cobarde! —te injurian los hombres que te rodean—. Te pintaremos de blanco, para que te avergüences ante el mundo.

Eso no suena tan mal.

—Luego —continúa uno de los hombres—, te cortaremos la cabeza.

Eso ya suena peor. Ha llegado la hora de esfumarse de aquí. Saltas a un lado mientras Musashi te mira con desprecio, y te escondes detrás de un espeso arbusto.

Oculta tu vergüenza en el pasado.
Pasa a la página 38.

LAS olas mueren suavemente en la arena de la playa del mar del Japón. Arriba un bote y saltan a tierra doce guerreros de fiero aspecto, vestidos con quimonos y equipados para batallar.

Se te acerca un hombre, saca la espada y te la apunta al cuello.

—¿Quién eres? No tienes aspecto de samurai, ni de campesino ni de mercader.

—Soy... soy un viajero —balbuceas.

—Bien, «viajero», ¡tienes la desgracia de habértelas con el Wako!

Sonríes, sin saber lo que significa.

—¡Somos piratas! —grita enfadado por tu sonrisa—. ¡Robamos a todo el mundo! Hemos capturado juncos chinos, barcos portugueses y grandes barcos de mercancías bajo las mismísimas narices del shogun.

—No llevo nada de valor —le muestras las manos vacías.

—¿No? Bueno, siempre necesitamos esclavos. Además, tenemos espadas cuyo filo probar y tiburones que ahuyentar cuando nos bañamos. ¡Podemos encontrar algo adecuado para ti!

Estás seguro de que éste no es el camino del agua a que se refería Musashi: ¡ser utilizado por los piratas como cebo para tiburones!

Intentas un viejo truco.

—Oh, mire —le dices y miras por encima del hombro del pirata—. ¡Un junco chino!

El hombre cae en la trampa. Cuando se gira para mirar, das la vuelta y huyes a todo correr por la playa.

—¡Pronto! —grita el jefe—. ¡Nuestro nuevo esclavo trata de huir!

Los piratas te persiguen. Te diriges hacia una gran roca solitaria, próxima al agua, respiras fatigosamente y te escondes detrás de ella. ¡Te atraparán dentro de unos segundos!

**Franqueas la barrera del tiempo.
Pasa a la página 6.**

ORRE el año 1605. Te encuentras en un pueblecito formado por cabañas de bambú con techos de hierba.

—Perdone, ¿sabe dónde está el templo de Hozoin? —preguntas a un hombre que cuida con esmero su jardín.

El hombre afirma con la cabeza y señala un gran grupo de edificios de madera, situados en la cumbre de un montículo cercano.

Te diriges allí.

En la colina, lugar tranquilo y poblado de árboles, estrechos caminos llevan a la puerta del templo. Unos monjes, vestidos con largos ropajes, cortan los arbustos y trabajan en el jardín. Pasas la puerta de éste y llamas a la del templo.

—¿Qué deseas? —te pregunta un monje de afeitada cabeza.

—Busco a Miyamoto Musashi —le contestas con amabilidad.

—Entra —asiente el monje, que parece sorprendido.

Te conduce a una gran estancia llena de gente. El sol brilla a través de altos ventanales y se refleja en una columna pulida, lo cual te aturde y ciega por un momento.

Cuando te has acostumbrado a la luz, distingues a

dos hombres en medio de la habitación: están luchando con largos palos.

Entre quienes presencian la lucha hay varios samurais, sentados, con las piernas cruzadas y de espaldas a la pared, pero no ves a Musashi entre ellos.

Uno de los contendientes blande su palo. El otro levanta el suyo, pero se oye un fuerte crac y la vara del segundo se rompe en dos pedazos. Antes de que pueda moverse, el primero hace girar su palo y golpea la cabeza del otro luchador.

Enseguida dos hombres cogen al caído y se lo llevan a rastras.

Es un juego brutal.

—¿Quién es el próximo? ¿Alguien se atreve a enfrentarse conmigo? —dice, sonriente y altanero, el vencedor.

Nadie se mueve.

El hombre te ve y su sonrisa se ensancha. Con el extremo de la vara te señala.

—¡Tú! ¡Coge un bo y enfréntate conmigo!

—¿Yo? —murmuras y abres los ojos con asombro.

Debe dirigirse a otro. Miras a tu alrededor, pero sin duda te está señalando a ti.

—Sólo he venido a mirar —dices—. Estoy buscando a...

—¡Aquí no hay mirones! —grita el hombre—. ¡Todos son estudiantes! ¡Toma un palo o enfréntate conmigo sin él!

Todos se han fijado en ti. Un muchacho viene corriendo y te da una vara tan gruesa como tu muñeca y tan larga como tú.

—Tienes que luchar —te susurra— o perderás tu honor.

El hombre, a cierta distancia de ti, levanta su palo por encima de su cabeza.

¿Qué debes hacer? ¡No sabes luchar con eso que te han puesto en las manos! Pero salir huyendo te pondrá en ridículo y te impedirá volver al templo de Hozoin.

—¡Aiieee! —grita tu contrincante, salta hacia ti y blande su palo.

Tira tu palo y sal corriendo.
Pasa a la página 37.

Quédate y lucha.
Pasa a la página 50.

APARECES en el exterior de una casa enorme, rodeada de altos muros de piedra. Estás en el año 1615. Hay samurais por todas partes: se diría que va a comenzar una batalla. Un chico joven, que pasa corriendo, te dice que aquella casa es el castillo de Osaka. Dos poderosas familias nobles, los Tokugawa y los Toyotomi, están luchando dentro del castillo.

—Espera —le ruegas al muchacho—. ¿Sabes si el espadachín Musashi está por aquí?

—Sí —te contesta el joven mientras prosigue la marcha—. Lucha al lado de los...

De repente, la voz del chico queda ahogada por el rugido de miles de samurais, que se precipitan al castillo, blandiendo sus armas y gritando.

Corres hacia un lado del castillo, en busca de un lugar seguro. Sería mejor que te unieras a un bando o al otro; así, al menos, tendrías menos enemigos. En tanto te hallas a la sombra de un arbusto cerca del muro, oyes los comentarios de dos guardianes.

—Esto tiene mal cariz —dice un guardián—. Son dos por cada uno de nosotros.

—Sí, además, Kensei dirige la campaña contra nosotros.

—A pesar de todo, debemos luchar hasta el último aliento.

—Naturalmente. Es lo único honorable que se puede hacer.

Se acercan los hombres que asedian el castillo. ¿Deberías unirte a ellos? ¿O quizá pedir a los guardianes que te dejaran entrar para luchar a su lado?

 **Pides a los guardianes que te dejen entrar. Pasa a la página 47.**

 **Te unes a los samurais dirigidos por Kensei. Pasa a la página 57.**

DECIDES que estarás más seguro dentro de los sólidos muros del castillo de Osaka. Los guardianes te permiten entrar.

—Disculpe, señor, busco a Miyamoto Musashi —dices a un samurai vestido con una fantástica armadura de batalla y que cruza el patio.

—¿Acaso es amigo tuyo? —te responde con enfado.

Afirmas con la cabeza. Bien, probablemente será amigo tuyo cuando finalmente tengas la oportunidad de hablar con él.

—¡Un traidor! ¡Es un amigo de Kensei! —grita el samurai de la armadura mientras desenvaina su larga espada.

—¿Kensei? No, he dicho Musashi —replicas nerviosamente.

Otro samurai se gira y te observa. Sin embargo, antes de que nadie se mueva, resuena un grito procedente del exterior del edificio. La puerta salta en pedazos y por ella se precipitan centenares de hombres vociferantes. Las fuerzas de Kensei han debido de romper las defensas del castillo.

La batalla es feroz pero corta. Al cabo de un minuto, todos los defensores yacen muertos o los han capturado. ¡El jefe de los atacantes es Musashi! ¡Claro! ¡A Musashi también se le conocía como Santa Espa-

da... ¡o Kensei! Te mira y tú le sonríes. Pero él no se sonríe. Éste no es el momento adecuado para presentarte, adviertes. ¡Cree que eres uno de los soldados de Toyotomi! Se lanza contra ti, armado con dos espadas.

Das la vuelta y saltas por encima de un hombre caído. Detrás de ti, Musashi resbala en algo líquido, probablemente sangre. Corres y le llevas poca distancia de ventaja. ¡No quieres que tu sangre manche el suelo del castillo! Te escabulles por una esquina y entras en un vestíbulo vacío. Musashi te persigue de cerca. ¡Te alcanzará antes de que puedas esconderte! ¡Franquea la barrera del tiempo!

Pasa a la página 6.

Decides luchar. Agarras con fuerza el palo y lo sostienes ante ti. Te percatas de que salir corriendo te causaría un gran deshonor. No quieres impresionar a Musashi de este modo. Para un samurai, el honor es más importante que la vida misma. Deberías luchar, ¡aunque ello signifique recibir un porrazo en la cabeza!

El hombre hace girar su palo y se ríe. Pega un salto y se te abalanza.

Retrocedes y tratas de pensar en un modo de salvarte. Se te ocurre una idea desesperada. Miras a tu alrededor. ¡Sí! La columna pulida está exactamente detrás de ti.

Retrocedes cuando tu adversario vuelve a la carga. Te pones a un lado: así, el ángulo parece el adecuado...

El hombre da la vuelta para atacarte... ¡y la brillante luz reflejada por la columna le hiere de súbito los ojos! Parpadea y levanta su palo para protegerse del brillo.

Avanzas y le propinas un certero golpe con tu palo. Recibe el trastazo en las espinillas. Grita de dolor y suelta su palo, de madera de roble pulida, que cae sonoramente al suelo.

—¡Magnífico golpe! —grita alguien desde la entrada,

Te vuelves y ves allí a un samurai de pie: ¡es Musashi!

Súbitamente, sientes un profundo dolor en la cabeza. Tu contrincante se ha enfadado tanto por su derrota que ha cogido su palo y te ha golpeado.

Te sientes desfallecer y caes de rodillas, luego hacia adelante...

Despiértate en la página 34.

Te hallas en el pueblo de Ogura, en la isla de Kiu-Shiu, en el año 1634. Ahora Musashi tendrá alrededor de cincuenta años.

Sobre la puerta de un edificio de finos listones de madera y hojas de papel un cartel reza: «Una escuela, dos espadas.» Musashi fue el primer samurai que usó dos espadas en las batallas. ¡Ésta debe ser la escuela que fundó!

Llamas a la puerta.

—¿Qué deseas? —te pregunta un hombre con la cabeza parcialmente rapada, al tiempo que abre la puerta.

—Por favor, señor —le dices humildemente—, ¿es éste el lugar donde se puede aprender el camino del samurai?

—Sí —asiente el hombre—. Aquí enseñamos Bushido, el código de los guerreros.

—Me gustaría aprenderlo —manifiestas con sinceridad.

—Quítate las sandalias y entra —te indica el hombre y de nuevo asiente con la cabeza.

Te quitas las sandalias de lino y sigues al hombre que te conduce a una gran estancia, donde algunos estudiantes se están ejercitando con espadas de bambú y otras armas.

—Éste es nuestro dojo, o vestíbulo de prácticas —te explica tu acompañante—. Siéntate aquí. Como esos estudiantes.

En un rincón, hay algunos estudiantes jóvenes. Te sientas, con las piernas cruzadas, junto a uno de ellos.

—No, no, tienes que sentarte a lo seiza, como nosotros —te susurra.

Te arrodillas y te sientas sobre los talones. Al cabo de unos minutos, ya te duelen las piernas, pero sabes que no debes moverte.

El hombre que te ha conducido al vestíbulo da unas palmadas y todos los estudiantes detienen sus ejercicios.

—El camino de la espada es el camino del samurai —diserta—. Un samurai de honor siempre está preparado para morir, tanto si la muerte viene de un enemigo en el campo de batalla, como de una bella mujer o de un viejo amigo en que confiaba. La muerte es lo único cierto en la vida. Alcanza a todos, de manera que no hay razón para temerla. Lo importante es el honor, la muerte no significa nada para un guerrero. Nuestro maestro, Miyamoto Musashi...

¡Estás en la escuela de Musashi!

—...luchó en más de sesenta duelos antes de cumplir los treinta años y jamás tuvo miedo de morir. Se limitó a seguir el camino. No le preocupaba ni la muerte ni la técnica ni cualquier otra cosa, excepto convertirse en un solo ser con su espada. Podía realizar el corte del fuego y las piedras y el del flujo del agua, y en una ocasión venció en combate a Sasaki Kijiro, mucho mejor preparado que él y capaz, con su espada, de partir en dos una golondrina en pleno vuelo.

Escuchas con atención mientras el instructor habla de Musashi. Empiezas a entender algo de su modo de pensar.

—...siempre debéis seguir el camino del agua —sentencia el maestro.

¡El camino del agua!

—El agua toma la forma de lo que la rodea, sea el lecho de un río, el océano o una botella —continúa el hombre—. Dad una estocada al agua y veréis que

sigue su curso, impasible. Éste es el camino que debéis aprender: el samurai debe ser como el agua.

En aquel preciso momento, un hombre, bajo pero musculoso, entra en el dojo.

—Ah, aquí está Iori, el cual enseñará ahora a los estudiantes avanzados la técnica de los ocho muros. La clase inicial ha terminado —concluye el maestro.

Los estudiantes próximos a ti se levantan y al cabo de un segundo —que aprovechas para frotarte las piernas— también te pones en pie. Salen afuera y los sigues.

—Esto es muy interesante —comentas—. ¿Cuándo empezaremos a aprender el manejo de las armas?

—Oh, faltan meses para eso. Primero tienes que escuchar y mirar, para demostrar que eres apto —te contesta uno y se ríe.

¿Meses? ¡Demasiado tiempo! Has averiguado algo acerca de Musashi y de su manera de pensar, pero no sabes si dispones de meses para esperar.

—¿Cuánto tiempo lleva aprender, una vez que se ha comenzado? —le preguntas.

—Años. Quizá cinco, tal vez diez —te contesta el muchacho y vuelve a reírse.

No tienes tanto tiempo para aprender a usar la espada y el palo.

Ahora que sabes algo acerca de Musashi, puedes reemprender su búsqueda. Pero, ¿dónde?

Salís del vestíbulo tú y los estudiantes que empiezan. Uno de los jóvenes avanzados hace girar un palo largo en el aire.

—Ésta es una de las técnicas que el maestro Musashi aprendió de los sacerdotes del zen, en Hozoin. Eso cuando los sacerdotes aún hacían esas cosas. Ahora son más pacíficos —te explica el estudiante que está cerca de ti—. Hoy día se sientan, meditan durante horas y se preocupan de cosas espirituales que no requieren movimiento.

¿Hozoin? Si Musashi estuvo allí como estudiante, será más accesible de joven que luego como guerrero.

—¿Cuánto tiempo hace que el maestro Musashi estuvo en el templo de Hozoin? —inquieres.

—Oh, casi treinta años.

Das las gracias al estudiante y te alejas del grupo para buscar un lugar donde estar solo. Podrías franquear la barrera del tiempo e intentar encontrar a Musashi en el templo de Hozoin. No obstante, sabes poco del gran samurai. ¿Quizá sería mejor retroceder a la ciudad de Edo y tratar de aprender más del personaje?

Retrocedes veintinueve años, al templo de Hozoin, en 1605. Pasa a la página 40.

Retrocedes diecinueve años, a Edo. Pasa a la página 24.

Estás seguro del bando que escogerás en la batalla. El guardián afirmó que Kensei dirigiría el ataque. Y Kensei significa Santa Espada, el nombre honorario que Musashi utilizó a veces.

Cuando te unes a los partidarios de Musashi, un hombre joven, que sostiene una larga insignia de seda, tropieza y cae al húmedo suelo. Poco falta para que los demás lo pisoteen. Te detienes y lo ayudas a levantarse.

Un hombre corpulento, con un largo bigote, que pasa velozmente por tu lado, comenta:

—¡Bien, muchacho, por haber ayudado a tu camarada! ¡Magnífico!

¡Es Musashi!

Corres tras él, mientras un grupo de hombres sale del castillo para enfrentarse de manera resuelta con los atacantes.

Musashi se pone al frente de sus tropas, de un salto, y desenvaina sus dos espadas. La mayoría de los samurais llevan una espada larga y otra más corta. Las hojas de las espadas de Musashi brillan cegadoramente a la luz del sol.

Musashi, en medio de los hombres que han salido del castillo, danza y blande sus aceros hacia adelante, hacia atrás y circularmente. Posee la gracia de un bailarín de ballet o de un gimnasta. Una docena de hombres, como mínimo, intenta abatir a Musashi, mas sus espadas se dirían encantadas por cuanto detienen todos los golpes. No afloja el paso mientras combate. Por dondequiera que pase deja un lastimero rastro de hombres heridos que sangran en abundancia por sus profundas heridas.

Los guerreros del castillo dan media vuelta y huyen de Musashi. Cierran rápidamente la puerta de la fortaleza tras ellos.

—¡Traed el ariete! —grita alguien—. ¡Derribaremos esa puerta!

Unos treinta hombres empiezan a golpear la puerta con un tronco gigante. Te hallas junto al propio Musashi. Ahora no puedes pedirle la espada: la necesitará para la batalla que se avecina. Sin embargo, ésta puede ser una buena ocasión para hablarle.

—Perdone... —empiezas.

—Ah, el que ayudó al portaestandarte —dice Musashi, interrumpiéndote—. Un acto valiente. Pero tus movimientos parecían algo rígidos. Deberías seguir el camino del agua.

Te dispones a pedirle que te explique algo más acerca del camino del agua, del que sólo sabes que es el modo cómo debe moverse un samurai, cuando repentinamente el ariete abate con gran estruendo la puerta del castillo.

—¡Ah! —vocifera Musashi y salta prodigiosamente hacia adelante.

Antes de que te repongas, se ha marchado a toda velocidad.

En realidad, no sabes mucho del modo de pensar de Musashi. ¿Cómo le hablarás, incluso si lo encuentras en un momento más tranquilo? Tal vez deberías saltar al futuro, a una época menos violenta, y hallar un sitio donde aprender muchas más cosas acerca de Musashi.

Un samurai, que blande su espada y vocifera un grito de guerra, pasa vertiginosamente por tu lado. Te agachas para evitar que te alcance su arma. Tienes que hacer algo: este campo de batalla resulta en extremo peligroso.

Ponte en el futuro, en una escuela en Ogura. Pasa a la página 52.

AVANZAS por la carretera que conduce a Kioto. El muchacho del templo te dijo que Musashi iba a la capital imperial. Kioto es la capital imperial; Edo, la capital del shogun, el delegado que gobierna en nombre del emperador.

Llevas recorrido un buen trecho cuando alcanzas a un hombre ciego que se ayuda de un cayado. Decides andar un rato con él. Le dices tu nombre.

—Ah, un nombre muy interesante —comenta—. Me llamo Katsu Yoritomo y soy masajista.

—¿Masajista?

—Sí. Doy masajes a las damas y a los caballeros ricos.

—Pero... pero... usted es... —te detienes, temeroso de turbarlo.

—¿...ciego? —concluye por ti—. Sí, ciertamente, no puedo ver con los ojos, pero tengo orejas, nariz, mis otros sentidos —para de caminar e inclina la cabeza hacia un lado—, escucha. ¿Oyes al grillo de la zanja situada junto al camino?

Aguzas el oído. Mueves la cabeza. No oyes ningún... ¡Espera! ¡Ahí está!

—Sí, lo oigo.

—Eres un viajero que viene de muy lejos —manifiesta el ciego—. Lo sé por tu voz y por las preguntas que haces.

Luego describe tu estatura y tu peso.

—¿Cómo puede usted saber todo eso? —le preguntas asombrado.

—Puedo adivinar tu estatura fijándome en de dónde viene tu voz; y tu peso, por la manera cómo pisas el suelo al andar. Nunca sientas compasión por un hombre porque no tiene ojos —dice Katsu—. Puede que «vea» más que tú. Y porque eres un viajero, te diré cómo un ciego puede ganar dinero. Dado que no puedo «ver» los cuerpos de mis pacientes, tengo que ser muy listo con mis manos. Y como una dama desnuda no me enseña nada, ¡su marido no tiene motivo para estar celoso! —Katsu se ríe ruidosamente ante esta idea—. A veces la gente es muy necia, ¿no es verdad?

Antes de que puedas responder, tres hombres, que no parecen muy amistosos, se aproximan al camino principal por una senda lateral.

—¡Vaya, dificultades! —dice Katsu—. Ponte en guardia.

Los tres hombres llegan a vuestra altura.

—¡Oh, oh! —comenta uno de ellos—. ¡Un ciego y su amigo! ¿Podríais prestarnos un poco de dinero, peregrinos?

No llevas dinero; si tuvieras se lo darías. Esperas que Katsu les dé algunas monedas para que no os molesten. En vez de eso, tu acompañante les dice:

—Los hombres honrados trabajan para conseguir dinero.

Katsu debe ser muy valiente. Un ciego no tiene ninguna oportunidad, piensas, contra tres hombres que ven, si éstos quieren pendencia.

—¿Estás diciendo que no somos honrados? —pregunta amenazadoramente uno de los hombres.

—Claro que no. Simplemente digo que no tengo dinero para gente como vosotros.

—¡Entonces te quitaremos el dinero, estúpido!

El hombre se abalanza contra Katsu.

Éste levanta rápidamente su bastón y golpea a su agresor en la barriga.

—¡Uf! —profiere el hombre, que se inclina hacia adelante y agarra el cayado con ambas manos.

Katsu lo suelta y se queda con las manos vacías, mientras los otros dos hombres le atacan. Pegas un salto y coges el cayado de manos del hombre caído, que se está lamentando y tratando de recuperar la respiración.

Uno agarra a Katsu, pero éste lo coge por un brazo y lo tira con fuerza por encima de su hombro. El hombre da contra el suelo con un sonido parecido al de un saco de arroz caído de un alto estante. ¡Plaf!

Entretanto, te las arreglas para golpear al tercer agresor con el cayado de Katsu. El hombre retrocede... Al ver tumbados a sus dos amigos, se gira y huye gritando.

Sonríes a Katsu. Él también sonríe.

Se acerca un numeroso grupo de hombres. Katsu no parece preocupado, de modo que los observas tranquilamente. Se paran junto a vosotros. Seis individuos llevan un artefacto de bambú y tela: es un palanquín, para llevar personas. Se abren las cortinillas laterales del palanquín y un hombre gordo saca la cabeza por la ventanilla.

—¡Así se hace! —comenta—. Os hubiera ayudado, pero estábamos demasiado lejos cuando esos bribones os han atacado.

—Reconozco vuestra voz —le contesta Katsu y asiente con la cabeza—. Sois el señor Takahashi, daimio del gran estado que se halla al este.

—¡Eres muy inteligente, ciego! Has acertado.

—Una vez di un masaje a vuestra hermana —dice Katsu.

—Entonces debes venir y darme uno a mí —ordena el daimio.

Katsu te explica, en voz baja, que la palabra daimio

es un título dado a algunos samurais y que habitualmente significa que su poseedor es rico.

—Vendría, señor Takahashi, pero tengo que dejar aquí la carretera de Kioto a causa de un compromiso anterior. Lo lamento.

—Ah, ¡qué lástima! Y tú, ¿vienes? —pregunta el daimio, y te mira—. Siempre puedo tener a otro valiente como compañero.

—Me gustaría —niegas con la cabeza—, pero tengo que ir a Kioto, señor, para encontrar a Miyamoto Musashi...

—¿Musashi? Lo conozco. Incluso, en mi colección, tengo una espada que le perteneció. ¿Quizá te gustaría verla?

¿Deberías ir con el daimio? ¿O continuar hasta Kioto para ver luchar a Musashi?

Te vas con el daimio.
Pasa a la página 72.

Continúas hasta Kioto.
Pasa a la página 68.

DECIDES tomar la carretera que conduce a Edo, para intentar hallar a Miyamoto Musashi.

Sabes que Edo es la capital del shogunado, y el muchacho del templo dijo que los combates de kendo se celebrarían ante el shogun. Por tanto, razonas, Musashi tiene que dirigirse a Edo.

Empieza a caer una fina lluvia, poco más espesa que una niebla, pero fría. El camino pronto se enfanga. Imposible no meterse en los charcos y te preguntas a qué distancia estará exactamente Edo. Tal vez deberías apresurarte y tratar de adelantar a Musashi.

—¡Aha! —chilla alguien, con voz estentórea, a tu izquierda.

Un grupo de hombres andrajosamente vestidos, que blanden palos y cuchillos, corren hacia ti desde los árboles.

¡Bandidos!

Sales corriendo con todas tus fuerzas por el barro, que es resbaladizo y casi te caes, pero los forajidos tampoco avanzan más que tú. Tienen que pasar por el mismo camino.

Tropiezas y caes, dando con la cara en el fango, ya fuera del camino. Levantas los ojos a tiempo de ver que uno de los bandidos blande un palo hacia ti. Ruedas un poco y te levantas enseguida.

Corres a todo correr y consigues, finalmente, perderlos de vista.

Pronto regresas a la carretera principal, pero ahora estás, ciertamente, confundido. ¿En qué dirección se va a Edo?

La lluvia cesa y sale el sol.

Se acerca un grupo de hombres que transportan un artefacto de bambú y tela, un palanquín, para llevar personas.

Haces una señal y el palanquín avanza y se detiene cerca de ti.

—Disculpe —dices al hombre gordo que viaja en el artefacto—. ¿Hacia donde se va a Edo, la capital imperial?

El hombre se ríe, parece muy divertido.

Sale del palanquín y señala ambas direcciones del camino.

—Por ahí se va a Edo —te explica—, pero la capital imperial, Kioto, es por allí. Edo es la capital del shogunado.

El hombre gordo parece muy complacido de tener la oportunidad de corregir a alguien.

¡Por lo visto, en esta ocasión, habías tomado un camino equivocado!

—Espero asistir a los combates de kendo del shogun —le confiesas para asegurarte—. ¿Dónde se celebrarán?

—En Kioto, no lejos de donde vivo. Soy el señor Takahashi. Soy un daimio, muy rico, muy importante. Mis tierras están al este. ¿Quizá has oído hablar de mí?

—No he oído hablar de usted —dices lentamente— lo que usted se merece.

—¿Por qué vas a ver los combates de kendo? —te pregunta, sonriente, el daimio.

—Estoy buscando al famoso ronin Miyamoto Musashi.

—¡Musashi! Lo conozco. Incluso, en mi colección, tengo una espada que le perteneció. ¿Quizá te gustaría verla?

Te vas con el daimio.
Pasa a la página 72.

TE hallas en Kioto. El inminente kendo, o torneo a espada, es el acontecimiento cumbre del año. En la ciudad se respira un aire muy festivo. Viejos y jóvenes deambulan por las estrechas calles y llevan estandartes de brillante seda. Los comerciantes exhiben sus mercancías fuera de sus tiendas: sandalias tejidas, grandes sombreros en forma de cesta, bolas de arroz.

Se diría que la competición no durará sólo unos días. Determinas conseguir un trabajo, para tener un techo y comida hasta que comiencen los combates. Preguntas al dueño de una posada si tiene algún empleo para ti.

—Ah, sí, tendremos muchos visitantes por el torneo del shogun. Puedes servir sake a los samurais y a los mercaderes.

El sake, te dicen, es una clase de vino hecho de arroz. Debe servirse caliente, por eso el dueño de la posada quiere a alguien que se mueva rápidamente para servirlo antes de que se enfríe.

El día anterior al inicio de los combates de kendo corres de un lado para otro, sirviendo sake a un grupo de samurais bien vestidos.

Los hombres beben mucho. Pronto estarán borrachos. Presumen de lo buenos luchadores que son y de cómo ganarán el torneo para el shogun.

—Mi primer combate será contra un perro, el ronin llamado Musashi —dice uno de los hombres, cuyo nombre es Kinju, se ríe, agita su copa—. ¡Más sake!

Te apresuras a buscar más vino para él, a fin de oír lo que dice. Musashi aún no debe ser muy famoso, en 1605.

—Dicen que es muy bueno —comenta otro guerrero.

—Sí —confirma un tercero—, un adversario duro.

—Tal vez lo sea, pero tengo un plan —declara Kinju, y se bebe media copa de sake de un trago—. Cuando beba la copa de vino ceremonial antes de nuestro combate, ¡quedará drogado! ¡Me ocuparé de ello!

—¡Muy astuto! —dice un hombre.

—Pero es muy honrado —observa otro de los presentes.

—¿Oh? Un verdadero samurai siempre está preparado para cualquier eventualidad —añade Kinju y lo mira fijamente—. ¡Un verdadero samurai nunca bebería vino en que hubiera una droga! Si lo bebe, ¡es culpa suya!

—Es cierto —asienten los amigos de Kinju.

—Exacto. Un verdadero samurai siempre está alerta con respecto al peligro.

Meneas la cabeza. Este razonamiento te parece equivocado. Opinas que Kinju hará trampa.

—¿Ya ha llegado a la ciudad, Musashi? —pregunta uno de los amigos de Kinju.

—Oh, sí. Está en una posada miserable, cerca de la escuela de actores, en la Casa de las Hojas, próxima al bosquecillo de los árboles sagrados.

—Espero que no descubra tu plan.

—Oh, no lo hará. —Kinju se ríe de puro borracho—. Tengo dos hombres que lo vigilan. Si alguien

trata de hablarle antes del combate, mis hombres darán cuenta del que lo intente.

Vuelves precipitadamente a la cocina. ¿Qué deberías hacer? ¿Advertir a Musashi acerca del vino drogado? Sin duda, te estaría agradecido si procedieras así. Pero, ¿cómo te las arreglarás con los dos hombres que lo vigilan? ¿Qué ocurrirá si oyen que tratas de avisar a Musashi? ¡Pueden hacerte picadillo! ¿Qué deberías hacer?

Avisas a Musashi.
Pasa a la página 84.

No le dices nada.
Pasa a la página 81.

COMPAÑAS al daimio a sus tierras, contento con la idea de contemplar la espada que perteneció a Musashi. Caminas al lado del palanquín en que viaja el hombre gordo, llevado por sus hombres.

—Siempre me gusta la compañía —comenta el daimio—. ¡Es tan aburrido viajar!

No dices nada. Hasta ahora, tus viajes lo han sido todo menos aburridos.

—Incluso un gran hombre como yo tiene que viajar como un ronin cualquiera. Esto es injusto, ¿no te parece?

Antes de que puedas decir nada, el hombre vuelve a hablar.

—Ah, si por lo menos pudiera esperar que los inútiles de mis hijos se ocuparan de mis negocios. Pero ninguno de ellos es tan capaz como yo. ¡Qué lástima! ¿No crees que es una vergüenza que haya tan pocos hombres brillantes como yo?

Empiezas a decir algo, pero el daimio vuelve a hablar. ¡Nunca habías oído a nadie tan fanfarrón o tan charlatán! Dice que tiene una espada que perteneció a Musashi. Bueno, por eso estás aquí, por ver si puedes echarle un vistazo.

Después de un largo día de andar, llegáis a las propiedades del daimio. La casa es grande, aunque no semeja un castillo. Estás contento de tener la ocasión de descansar.

Tras haberte lavado y cenado sopa, legumbres muy distintas de las que jamás hayas visto, arroz y varios pescados, el daimio te enseña su colección de armas. Posee lanzas, arcos, extraños artefactos hechos de bolas, cadenas y hoces, y muchas espadas. Sostiene, con satisfacción, un acero metido en una vaina de madera negra.

—La espada de Musashi, el famoso samurai errante —exclama.

No quieres hacerle enfadar, pero te interesa saber cómo puede afirmar que la espada perteneció realmente a Musashi.

—Para un hombre como usted resulta fácil ver estas cosas, pero ¿cómo puede un hombre insignificante como yo saber que esta espada perteneció a Musashi? —comentas.

—Ah, es muy sencillo, mira —te contesta el hombre gordo, y sonríe.

El daimio coge un martillito y lo que parece un clavo despuntado. Comienza a golpear ligeramente algo de la empuñadura del arma. Al cabo de unos segundos, sale una fina clavija, diríase de bambú; es de un material exótico, está envuelta en cordel de seda y tiene la forma de un diamante. Al separar la empuñadura queda al descubierto el tang, o sea, la terminación de la espada.

—¿Lo ves? El espadero lo escribe en el metal —el daimio te señala el tang.

Dice: «Forjada para Miyamoto Musashi por Kanemitsu en el mes de Hachigatsu, 1603. Ha pasado la prueba de la seda.»

¡Ah, recuerdas la prueba de la seda! Así que Kanemitsu realmente forjó una espada para Musashi poco después de que visitaras su tienda. Pero ahora... ¿cómo conseguirás la espada?

Te vas a la cama —un colchón de algodón, llamado futón y una manta ligera— sin dejar de pensar en cómo lograr apoderarte del arma. No tienes dinero. ¿Podrías trabajar para el daimio para conseguirla? Meneas la cabeza en la oscuridad. No, nada de eso serviría. El daimio tiene todo el dinero que necesita. ¿Por qué tendría que darte la espada que, evidentemente, considera una de las piezas más valiosas de su colección?

Te duermes, todavía preguntándote lo que deberías hacer. Te despiertas de pronto al cabo de una hora. Aguzas los ojos y los oídos, mas no logras ver u oír nada. Sin embargo, estás seguro de haber percibido algo.

Te levantas y andas a hurtadillas por el vestíbulo. Nadie más parece haberse levantado. Te diriges a la gran habitación en que el daimio tiene su colección de armas. Está oscura y silenciosa.

Debes de haber estado soñando, piensas, mientras sales de allí para volver a la cama.

Cuando das la vuelta, suena un ligero ruido a tu espalda, no más fuerte que el crujido de una baldosa. Te quedas paralizado. Hay alguien en la habitación de la espada. No distingues quién es, pero ahora estás seguro de ello. Aguardas en silencio.

Tras lo que parece mucho rato, notas un movimiento rápido. Una forma negra se escabulle silenciosamente a lo largo de la pared más lejana. Tratas de no hacer ningún ruido. Se abre la ventana y, a la luz de la luna, ves una figura vestida de negro que lleva una espada envainada. La figura salta en silencio al exterior.

Miras a tu alrededor. Entras corriendo en la estancia mientras la ventana se cierra detrás de la silueta. Alguien ha robado algo...

¡Ha desaparecido la espada de Musashi!

Abres la ventana a tiempo para ver la figura de negro corriendo por el camino. ¿Qué deberías hacer? ¿Perseguir solo al ladrón? ¿Despertar al daimio y a sus samurais para recabar ayuda? El ladrón se aleja muy deprisa. ¡Decídete!

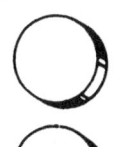

Persigues al ladrón.
Pasa a la página 89.

Despiertas a las gentes de la casa.
Pasa a la página 76.

GRITAS: ¡Al ladrón! ¡Socorro! ¡Al ladrón!

Al cabo de un minuto, entran precipitadamente hombres en la habitación, con las espadas desenvainadas. El daimio entra patosamente, vestido con una larga camisa de dormir de seda; está muy trastornado.

—¿Qué sucede? —pregunta.

—¡Un ladrón! —le informas—. ¡Todo vestido de negro! Se ha llevado la espada... —indicas la pared.

Hay un sitio vacío donde se hallaban el arma de Musashi y su vaina de madera trabajada.

—¡Ninjas! —exclama el daimio—. ¡Y tú debes ayudarlos! —vocifera—. ¡Me pediste que te enseñara la espada! Han venido a robarla mientras estabas aquí. ¡Eres un espía!

—No, se equivoca por completo... —dices y niegas, además, con la cabeza.

—¡Quiero que este espía quede empalado fuera de la ventana de mi dormitorio! —ordena el daimio.

Los samurais se te abalanzan. Retrocedes y saltas por la ventana. Te las arreglas para caer de pie. Das la vuelta y corres para salvar tu vida.

Oyes, algo lejanas, las voces que dan los samurais del daimio. Cruzas el enfangado camino y te metes entre unos árboles. Andas a tientas en la oscuridad, tropiezas con una raíz y te caes. Te das un fuerte

golpe en la cabeza contra el tronco de un árbol. ¡Ay!
Quedas aturdido. Si sales de la arboleda seguro que te
cogerán. ¿Deberías pasar a un lugar donde pudieran
curarte la cabeza? ¿O bien tratar de encontrar al ladrón que se llevó la espada de Musashi?

Vas a un sitio seguro.
Pasa a la página 34.

Intentas hallar al ladrón.
Pasa a la página 89.

Los ninjas te empujan hacia el foso del tigre. Has buscado en tus bolsillos, pero no llevas cerillas. Malo. Hubieras podido encender una cerilla en la oscuridad y, tal.vez, los hubieras asustado.

Oyes un gruñido que se convierte en un rugido.

—¿Qué es eso? ¡Esta noche nuestro animalito está hambriento! —dice un ninja y se ríe.

Tratas de tragar saliva, pero tienes la boca seca. ¿Hablan en serio? ¿Hay, en realidad, ahí un tigre? ¿En un foso?

Hablan en serio. Una gran bestia anda de un lado para otro en el fondo de un gran hoyo del terreno. Notas el olor del animal cuando los ninjas te hacen avanzar hasta el borde del foso. No distingues el fondo del hoyo, pero continúas oyendo al tigre gruñendo por su cena: tú.

—Salta —te ordena un ninja.

¿Saltar? ¿Se cree que vas a saltar a un foso donde hay un tigre hambriento?

—No, gracias —te excusas.

Te dan un fuerte manotazo en la espalda y te precipitas por el foso.

Al llegar al fondo, tus pies se hunden en un blando suelo de residuos.

Frente a ti, y apenas visible en la obscuridad, el

tigre se mueve. El animal emite un sonido confuso entre ronroneo y gruñido. Es muy penetrante el olor que despide el gran felino. Avanza un par de pasos hacia ti.

Una nube cubre la luna precisamente en ese instante y el pozo queda completamente a obscuras. Oyes cómo el tigre se acerca, pero no logras verlo. Esto significa que él tampoco te ve.

Retrocede hacia la carretera de Kyoto. Pasa a la página 60.

USASHI puede cuidar de sí mismo, supones. Decides esperar hasta el combate antes de intentar hablar con él.

Llega el día del torneo. Junto a miles de personas, aguardas a que empiecen los combates. En un poste, cerca de donde estás situado, hay clavada una hoja de papel en que se explican las normas: la lees. Los combates se disputarán con espadas de madera; la lid quedará resuelta cuando uno de los contendientes quede desarmado, inconsciente, o se entregue.

Después de varios combates muy animados, empieza el más importante, por lo que a ti respecta: Musashi contra Kinju.

Ambos hombres se inclinan ante el shogun, que está sentado en un palco especial, cerca del extremo del campo de combate.

Entonces los dos luchadores se enfrentan el uno contra el otro.

Musashi, de pie, con la punta de su espada de madera sostenida a la altura de sus ojos; Kinju mantiene su espada por encima de su cabeza. Mientras los contemplas, notas que Musashi parece vacilar un poco. Debe de haberse bebido el vino drogado.

Kinju también debe ver cómo Musashi se tambalea. ¡Carga contra él!

En el último instante, Musashi salta a un lado y golpea con su espada la cabeza de Kinju. Éste, alcanzado de lleno, cae como una piedra.

Musashi hace una reverencia al shogun, luego se saca algo del quimono y lo pone al lado de Kinju. Alargas el cuello para ver qué es.

¡Una copa! Debe de haber contenido el vino drogado. Musashi no se lo bebió, sólo lo simuló para que Kinju pensara que Musashi estaba drogado. La copa es un mensaje para Kinju... ¡para cuando se despierte!

Cuando Musashi sale de la arena, corres rápidamente hacia él. Lo alcanzas en una calle lateral.

—Ha sido una lucha muy emocionante —le manifiestas.

Musashi gruñe.

—Por un momento temí que pudiera... —te callas, pero el samurai te mira divertido.

—¿Temías que pudiera ocurrirme qué? —pregunta.

—Nada.

No quieres decirle que sabías que querían drogarlo y no le avisaste.

Musashi comienza a caminar más deprisa.

—¿Puedo acompañarle? —inquieres.

—No. Viajo solo —te responde.

Te detienes y miras cómo se va. ¡Sale de Kioto! Esto no te conviene. Te trazas un plan: lo seguirás a distancia. Luego, más tarde, podrás explicarle para qué has venido. ¿Seguro que es un hombre razonable, que no se enfadará contigo por seguirlo?

Hace mucho que ha oscurecido, y tiemblas de frío. Musashi tiene una buena hoguera en el sitio en que ha acampado, en medio de un claro del bosque. Silenciosamente, avanzas a hurtadillas, para calentarte al fuego.

—¡Ah! —grita de improviso, se pone de pie de un salto y te apunta con las dos espadas—. ¡Así que has vuelto! Sabías que habían echado una droga en el vino del combate, ¿no es así?

—Yo... bueno... yo... verá...

—¡No importa! No me gusta la gente que sale de las tinieblas.

Te vuelves y sales corriendo.

Te ocultas detrás de un árbol y tratas de recobrar la respiración. Es mejor que franquees la barrera del tiempo enseguida, o te hará trizas el hombre que has venido a conocer.

Retrocede a otro tiempo.
Pasa a la página 93.

LLEGADA la noche puedes dejar tus tareas domésticas en la posada. Te agencias las señas de la Casa de las Hojas, donde se hospeda Musashi.

Esta posada es más pequeña y vieja que aquella donde trabajas. No ves a nadie que pudiera estar vigilando a Musashi.

Entras y preguntas al dueño dónde está Musashi. Señala una habitación cercana, con una puerta corredera de madera y papel.

Llamas a la puerta.

—¿Quién es?

—Busco a Miyamoto Musashi —contestas.

—Lo has encontrado. Pasa.

¡Por fin! Abres la puerta, te inclinas al modo japonés y entras en el cuarto.

Musashi está sentado y come arroz de un cuenco de madera. Te saluda con un gesto de la cabeza. Entonces, mientras lo miras, mueve los palillos en el aire por encima del arroz y atrapa algo que parece una pasa. Con un movimiento de la muñeca tira el oscuro y pequeño objeto al suelo. No es una pasa. Es una mosca. Musashi es tan rápido que puede coger una mosca al vuelo con los palillos.

—¿En qué puedo servirte? —te pregunta amablemente Musashi.

—He venido a avisarle… —empiezas.

Se abre de súbito la puerta corredera. Dos hombres con espadas entran en la habitación.

—¡Ahá! —dice uno—. ¡Te hemos cogido!

—¿Ocurre algo? —pregunta Musashi y da una ojeada a los dos hombres.

El hombre que habló antes afirma con la cabeza y te señala:

—Este muchacho ha insultado nuestro honor. ¡Pedimos una satisfacción!

Pone su mano en su larga espada y te mira fijamente.

—¿Es cierto eso? —te pregunta Musashi mientras también te observa.

—¡Nunca los he visto antes! —niegas.

Pero sabes quienes son. ¡Son los hombres de Kinju!

—Parece que hay un error —dice Musashi tranquilamente.

—¡No hay ningún error! —manifiesta el hombre de la puerta—. ¡Tú, ven aquí!

—Señor —te vuelves hacia Musashi—, he venido para advertirle de un complot...

—¡Silencio, perro! —grita el samurai de la puerta—. ¡Otra palabra y te haré trizas ahí mismo! —saca la espada de la vaina y da un paso hacia ti.

—No es correcto sacar la espada en la habitación de otro hombre —le advierte Musashi.

—Este asunto no le concierne —añade uno de los hombres de Kinju.

Musashi levanta una de sus pobladas cejas.

—Entráis en mi habitación, interrumpís mi comida, insultáis a mi huésped y... ¿no me concierne?

Inopinadamente, Musashi se levanta, desenvaina su espada en un santiamén y apunta con ella a los dos hombres.

—Podéis elegir —les dice—, entre marcharos o luchar.

Los dos hombres te miran, luego se miran entre ellos.

Musashi semeja una estatua, tan quieto está.

—¡Lo lamentarás! —te dice uno de ellos.

Dan media vuelta y salen precipitadamente del cuarto.

Musashi deja su espada a un lado y te observa.

—Y ahora, ¿tenías algo que decirme? —te pregunta.

Rápidamente le cuentas los planes de Kinju para echar una droga al vino que debe beber Musashi. Éste se ríe.

—Así que lo intentará todo para ganar. ¡Es un buen samurai!

—Pero, pero... ¡esto es hacer trampa! —exclamas sorprendido.

—No —Musashi sonríe—. Todo vale en un combate. Un samurai que no está preparado para nada merece perder.

Meneas la cabeza.

—No obstante, es bueno que me hayas avisado. Te estoy en deuda, ya que puedes haberme ahorrado una gran pérdida de honor. ¿Te veré en el torneo?

—Allí estaré —asientes.

—Bien. Volveremos a hablar.

Le sonríes y te marchas. Has elegido bien. Has tenido una oportunidad de hablarle y ahora es amigo tuyo. Después de los combates, podrás verlo otra vez, conocerlo mejor y quizá se te ocurrirá un modo de que te dé su espada.

Te dispones a salir de la posada, pero te detienes en el vestíbulo. Los dos hombres de Kinju podrían estar esperándote para vengarse.

Has aprendido, acerca de los samurais, que se deben tener recursos en todas las ocasiones. Hay allí algunos andrajos amontonados. Te los pones con rapidez, de manera que pareces un mendigo. Si los dos hombres están afuera, ¡no te reconocerán!

Cuando sales andando de la posada, ves a los dos

hombres. Te miran y luego vuelven a observar la puerta. ¡Bien! Los has engañado.

—Oye, mendigo —te llama uno de aquellos hombres—, ¿has visto a alguien más dispuesto a salir?

—No, señor —murmuras, tratando de disimular la voz.

—Espera un minuto. Me resultas familiar. Veamos tu aspecto sin estos andrajos en la cabeza.

Te marchas de allí rápidamente.

—¡Hombre! Si es...

—¡Vamos por este cobarde cuentista!

Los dos hombres te persiguen.

Las calles están llenas de recodos, esquinas y callejuelas. Te escabulles y corres con todas tus fuerzas, intentas despistarlos, pero siguen pisándote los talones.

¿Qué deberías hacer? Hasta aquí, has seguido el buen camino. ¿Deberías franquear la barrera del tiempo para eludir a esos hombres, o seguir corriendo para intentar escapar de ellos?

**Cambias a otro tiempo
para eludir el peligro.
Pasa a la página 93.**

**Tratas de despistarlos.
Pasa a la página 108.**

Corres entre los árboles por donde viste que huía la figura de negro. Quizá puedas atrapar al ladrón y recuperar la espada de alguna manera. Tal vez el daimio te estará agradecido y te ofrecerá una recompensa... ¡quizá la propia espada!

¡Allí! Ante ti, se mueve una sombra; disminuyes tu velocidad y te mueves prudentemente de árbol en arbusto, escondiéndote para que no te vea.

Lo pierdes de vista, de modo que te apresuras un poco. ¿Adónde habrá ido?

—¡Ah! —dice alguien detrás de ti—. ¿Te creías que podías seguir a un ninja?

Te vuelves; una figura de negro —camisa negra, pantalones negros y una capucha negra que le cubre la cabeza excepto los ojos— sostiene la espada de Musashi en una mano y una daga siniestra en la otra.

Te giras para salir corriendo, pero te rodean varias formas negras, una docena de ninjas, cada uno con una espada o una daga, ¡todas ellas apuntándote!

Antes de que empieces a pensar qué debes hacer, los ninjas te agarran y te atan a un árbol. El que robó la espada de Musashi se coloca frente a ti. Con un movimiento súbito, se saca la capucha de la cara.

¡No es un hombre sino una mujer! El ninja que robó la espada es una mujer. Ésta se ríe.

—¡Qué lástima! —dice—. Hubieras sido un buen ninja; me seguiste muy bien... para ser una persona corriente. Pero los ninjas pueden atravesar las paredes, andar sobre el agua y dar saltos prodigiosos en el aire. ¿No lo sabías? —da la vuelta y se va.

No te ha gustado el tono en que ha dicho: «Qué lástima. Hubieras sido un buen ninja...»

Antes de que puedas librarte de las ataduras, tres ninjas lo hacen por ti. Cada uno sostiene una daga que casi te pincha.

—Por aquí —te ordena uno—. ¡Al foso del tigre!

¿El foso del tigre? ¡Tienes que hacer algo! Se te ocurre una idea desesperada. No estás atado, así que te metes las manos en los bolsillos. Si por lo menos tuvieras cerillas...

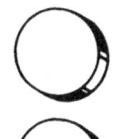

Si eliges las cerillas como recurso, pasa a la página 92.

Si resulta que no llevas cerillas, pasa a la página 78.

Por fortuna llevas cerillas. Como está muy oscuro, los ninjas que te llevan cautivo no ven tus cautos movimientos para sacar la caja de fósforos de tu bolsillo. Esto será una sorpresa: las cerillas no fueron inventadas hasta el siglo XIX. Lentamente y con prudencia te las apañas para sacar una cerilla de la caja. Cuando una nube oculta la Luna por un segundo, actúas. Enciendes el fósforo y lo agitas ante los ninjas.

—¡Aiiee! —grita uno.

—¡Un demonio! ¡Tiene dedos que se encienden!

Antes de que decidan apuñalarte con sus grandes cuchillos, sacas algunas cerillas más de la caja y las arrojas encendidas a tu alrededor.

—¡Escupe fuego! ¡Es un demonio kami! ¡Corramos!

Los tres ninjas se marchan en la misma dirección. Tú emprendes la contraria: los ninjas no tendrán miedo por mucho rato.

Al cabo de un minuto, una buena distancia te separa de ellos, pero no disminuyes la marcha.

Oyes que vuelven. Buscas un sitio solitario para franquear la barrera del tiempo.

Los ninjas casi te han alcanzado. Salta, enseguida.

Retrocedes a otro tiempo
para hallar un refugio.
Pasa a la página 34.

Eₙ un enorme jardín, que parece extenderse sin límites, con un océano de flores rojas, azules, verdes, amarillas que perfuman el aire, más allá de algunos árboles, hay un gran edificio con columnas y tejado de tejas verdes y azules.

Cerca de la casa andan algunos hombres y varias mujeres con la cara empolvada. Los hombres llevan barbas puntiagudas y las mujeres, el pelo largo y las cejas pintadas. Con sus ropajes de rica seda y sus extraños sombreros semejan graciosos pájaros. Ninguno lleva armas.

Sin duda, ésta no es la época de Musashi, adviertes enseguida.

Atraviesas el jardín, admiras los presumidos pavos reales y otras aves llenas de colores. Éste es uno de los lugares más bellos que jamás hayas visto ni siquiera soñado.

Doblas una esquina; en un banco hay sentada una dama que te mira.

—¿Quién eres? —te pregunta—. ¿Qué haces en el jardín imperial de Heian-kyo?

No sabes lo que es adecuado o importante aquí, de modo que haces una pequeña reverencia y dices con afectación:

—Soy un viajero y estoy aquí para refrescarme los ojos con la belleza de Heian-kyo.

La mujer sonríe: lleva los dientes pintados de negro.

—Soy la señora Murasaki Shikibu —se presenta.

—Encantado —respondes.

—Me he entretenido escribiendo un cuento de la vida cortesana en Kioto. ¿Te gustaría escuchar una parte de él? —te pregunta.

Asientes con la cabeza.

Empieza a leer lo escrito en una hoja de papel floreado. Varias personas que pasan se paran a escuchar, pero ninguna de ellas parece un samurai. La historia pertenece a una novela titulada *La leyenda de Genji*. La lectura de la dama menciona la fecha. Casi seiscientos años antes de la época de Musashi. Esta *Leyenda de Genji* que ahora escuchas debe ser, sin duda, la primera novela escrita, en japonés o en otra lengua.

—...y así el demonio dijo: Te concederé tu deseo... —lee la señora Murasaki.

Es una historia interesante y la dama la lee bien, pero estás terriblemente cansado de tu viajar a través del tiempo. No puedes evitar bostezar.

La señora Murasaki cesa de leer y te mira fijamente con horror. Oyes que la gente que te rodea cuchichea confusa. Miran hacia otro lado. Pero hombre, ¿qué has hecho?

—¡Grosero! —te reconviene con gran y súbito enojo un hombre.

—¡Qué vergüenza! —exclama, con muchos aspavientos, una mujer.

Te das cuenta de que se refieren a tu bostezo. Pero no te proponías ser irrespetuoso, simplemente estabas cansado, eso es todo.

—¡Tienes que abandonar Heian-kyo enseguida! —te ordena un hombre y te tira airadamente del

brazo—. Una persona civilizada nunca haría lo que has hecho tú.

Estás confundido. ¿Por qué se conmocionan tanto por un simple bostezo? ¡Qué lugar tan extraño es éste! Te preguntas qué hubiera ocurrido si llegas a estornudar.

El hombre te lleva a una puerta, en lo último de la ciudad.

—¡Vete, pronto! —te apremia—. ¡Aquí no somos salvajes!

Un enjambre de campesinos hambrientos y mendigos se precipita contra ti en cuanto atraviesas la puerta de la ciudad.

—¡Un poco de comida, por favor! —piden porfiadamente algunos.

—¡Algunas monedas, por caridad! —suplican lastimeramente otros.

—¡Paso a la tierra de los felices moradores de las nubes!

—Lo siento —les contestas y niegas con la cabeza—. No tengo nada que daros.

—¡Mentiroso! Sales de la ciudad; tienes que ser rico.

—¡Danos dinero o te lo quitaremos! —te amenazan airados.

Un mendigo que está junto a ti agita un pesado cuenco de madera ante tu cara. Otro hombre próximo a él te golpea la pierna con un palo. Retrocedes de un salto. Te están rodeando. ¡Creen que eres rico y quieren robarte tu dinero! Cuando vean que realmente no lo tienes, se enfadarán de verdad. ¡Puede que te apaleen hasta hacerte picadillo!

Das media vuelta para regresar corriendo a la ciudad, pero la pesada puerta de madera está cerrada... ¡no puedes ir por ahí!

Te refugias en una choza de bambú, con los pordioseros persiguiéndote de cerca.

¡Este lugar es terrible!

Los ricos viven en una ciudad bellísima, se dedican a la literatura y se comportan con buenos modales, mientras a los pobres se les obliga a vivir afuera, donde apenas pueden subsistir.

¡Y ahora esos pobres te persiguen!

Ha llegado el momento de volver a la época de Musashi.

Sabes que estará en los combates de kendo de 1605.

Por otro lado, aquí no ves a ningún samurai... debes de haber retrocedido a un tiempo anterior a su existencia.

Te agachas en una calle obscura.

Avanzas seiscientos años.
Pasa a la página 114.

TIENES ante ti a Miyamoto Musashi, el más grande espadachín de todos los tiempos, y respiras profundamente. Te ha dicho que te debe la vida y te ha ofrecido, de manera generosa, una recompensa.

—Yo... yo quisiera su espada —balbuceas, casi con un hilo de voz.

—¿Mi espada? —pregunta.

Te mira fijamente y continúa:

—¡Me pides el alma! Pintaré un cuadro para ti o esculpiré una estatua, saltaré al fuego para ti, pero... ¿mi espada? ¡Nadie que conozca algo de los samurais pediría semejante cosa! ¡Ciertamente, muchacho, me equivoqué contigo!

—Lo siento —respondes.

Ya no tiene remedio: Musashi se ha enfadado y se aleja.

—Desde ahora viajaré solo —te dice—. Déjame —y se marcha.

—¡Espere! —le ruegas; lo sigues—. No lo entiende...

—Lo entiendo muy bien —manifiesta el samurai—. No tienes honor. ¡Vete o te enfrentarás con mi espada!

Te paras. No lo sigues de nuevo. Musashi es un hombre violento, se enfada con facilidad. Has vuelto a irritarle. Continuar siguiéndolo sería estúpido y peligroso. Te percatas de que aún no sabes lo suficiente de él. Tienes que aprender más acerca de su persona. ¿Dónde mejor que en su escuela, donde él y sus estudiantes enseñan el camino del agua?

Te pones en el año 1634.
Pasa a la página 52.

Así, pues, decides que robar sería una equivocación. De alguna manera deberás convencer a Musashi para que te dé su espada. Probablemente no será fácil, pero es preferible a apoderarte de algo que no te pertenece. Al fin y al cabo, el honor es lo más importante para un samurai como Musashi. Y robar, ciertamente, no es honorable.

Un par de días después, la espada de Musashi está lista, por lo que tú y él proseguís vuestros viajes.

Cuando salís de Kioto, os ataca súbitamente una banda de seis hombres, ¡capitaneada por Kinju!

Todavía no eres muy ducho en lucha samurai, sabes que Musashi no perecerá en la emboscada, ¡pero tú podrías morir! ¿Deberías quedarte y luchar, o esperar a poderte reunir más tarde con tu compañero?

Te quedas y luchas.
Pasa a la página 105.

Te adelantas diez años.
Pasa a la página 38.

APARECES en un campo de arroz de la isla de Kiu-Shiu, el 19 de mayo del año 1645. Estás cerca de un gran castillo, situado en la cima de un alto conglomerado de piedra. Una chica que trabaja en dicho campo te cuenta que el castillo pertenece al señor Hosokawa.

—¿Sabes si el espadachín Miyamoto Musashi vive por aquí? —le preguntas.

—Oh, sí —te contesta.

Se inclina de nuevo sobre el suelo anegado para arrancar malas hierbas de las hileras, entre las plantas de arroz y prosigue:

—Bien, al menos solía vivir por aquí. Fue huésped del señor Hosokawa durante mucho tiempo, hasta hace dos o tres años, creo. Se marchó en 1643, para vivir una vida de aislamiento.

Inspiras profundamente y luego suspiras. ¡Estabas tan cerca! ¡Y has vuelto a perderlo!

—¿Sabes adónde se marchó?

—Me temo que no. Lo lamento.

Te vas, confundido.

El libro decía que Musashi vivía aquí. ¿Acaso se equivocó el autor?

¡El gran samurai pasó sus últimos años viviendo en una cueva! Vuelves hacia donde está la muchacha y le preguntas si hay cuevas por allí. Asiente y te da indi-

caciones. Es un largo camino, pero sabes que sigues una buena pista para cumplir tu misión.

Encuentras, al fin, varias cuevas en la falda de una colina. Entras en dos de ellas, están vacías. Sin embargo, en la tercera hay una luz tenue.

Allí, al resplandor de una lamparilla, ves a Miyamoto Musashi. Casi calvo, su rostro pone de manifiesto su edad por las arrugas y las bolsas bajo sus ojos, mas, cuando los levanta, su mirada es aún penetrante. Te ve de inmediato.

—¿Vienes a decirme adiós? —te pregunta—. Hoy abandono este mundo. No tengo miedo —dice simplemente, y sabes que es verdad—. Acércate un poco más, para que pueda verte mejor.

Te aproximas unos pasos. La caverna es húmeda y fría. A la débil luz, distingues un montón de papel de escribir, plumas y tinta, y las espadas de Musashi: dos de acero, una de madera.

—He hecho cuanto he querido en esta vida —dice Musashi—. He seguido fervientemente el camino del agua.

—Lo sé —comentas.

Lo has observado en tus viajes a través del tiempo.

—Te conozco —te mira de soslayo—. ¡Pero no has cambiado en casi cuarenta años! ¿Eres un espíritu? ¿Un kami?

—No —le respondes—. Soy un viajero que viene de un lugar del que nunca ha oído hablar. Tengo una misión que cumplir.

—¿Cuál?

Inspiras profundamente. Serás honrado con él.

—Debo llevarme una de sus espadas. La espada del mejor espadachín de toda la historia del Japón.

—Lo hice lo mejor que pude, pero no fui tan grande —se excusa Musashi y sonríe.

El gran guerrero cierra los ojos y permanece muy quieto. ¿Ha llegado su último momento? Lo miras, pero no se mueve.

Meneas la cabeza. ¿Qué deberías hacer? Ya no necesitará sus espadas. Te dijo que cuando no las necesitaría, una sería para ti, ¿no es cierto? Si muere sin habértela dado, ¿será correcto cogerla? Puedes cumplir fácilmente tu misión y volver a tu época antes de que alguien descubra a Musashi.

Por otro lado, coger su espada es como robar. Toda la vida de Musashi se basó en el honor e indudablemente, robar no es honorable. ¿Deberías dejarlo como está, incluso si eso significa no realizar tu misión?

Tomas una de las espadas.
Pasa a la página 121.

Abandonas la cueva.
Pasa a la página 125.

PARECE que los hombres que os atacan estén en todas partes. Sus espadas brillan intensamente a la luz del sol de la mañana. Retrocedes, giras tu palo y esperas que así no te hagan trizas.

Musashi salta como un loco. ¡Su espada se mueve tan deprisa que sólo ves una sombra! El gran samurai se enfrenta con uno de los últimos atacantes, cuando Kinju, que ha simulado estar muerto, se pone en pie de un salto detrás de Musashi.

Sólo tienes un segundo. Saltas hacia Kinju, golpeas su espada con un movimiento rápido de tu palo y se la arrebatas de la mano.

Musashi ahuyenta a los demás hombres y se vuelve para enfrentarse con Kinju, quien ahora sólo tiene una espada corta para defenderse. Kinju retrocede, tropieza y se cae. Musashi está de pie junto a él, con sus dos espadas levantadas.

—¡Por favor, no me mates! —le ruega, con voz apagada, Kinju.

—No, no te mataré... ¡No quiero manchar mi espada con la sangre de un cobarde! —dice Musashi y escupe en el suelo como muestra del profundo disgusto que siente.

Musashi y tú os marcháis. Mientas camináis, el gran samurai se vuelve hacia ti.

—Me has salvado la vida, muchacho. ¿Cómo podría pagártelo?

Ésta es la oportunidad que tanto has esperado. Puedes pedirle la espada como recompensa; en fin de cuentas, te debe la vida.

Pero, ¿deberías pedírsela?

Le pides la espada.
Pasa a la página 98.

No le dices nada acerca de la espada.
Pasa a la página 112.

Los dos asesinos que te persiguen esperan que te lances a correr. Por eso, ¡puedes quitártelos de encima quedándote quieto! Te detienes ante la profunda entrada de un edificio de barro y bambú, luego, saltas de súbito y te apoyas en la puerta.

Los hombres que te persiguen pasan al cabo de unos segundos. Algunos minutos después ya no los oyes más.

Das un suspiro de alivio y regresas a la posada donde trabajas.

Llega el día del torneo de kendo.

Asistes a los primeros combates hasta que Musashi se enfrenta con Kinju. Ambos hombres llevan espadas de madera. La lucha continuará hasta que uno de los dos hombres quede desarmado y se rinda o sea abatido.

Ahora, Kinju ya debe saber que Musashi no estará drogado.

Kinju es muy prudente y anda en círculo hacia la derecha, con la espada de madera levantada por encima de la cabeza.

Musashi mantiene su arma al nivel de los ojos, extendida ante él.

Ambos hombres gritan y saltan el uno hacia el otro. Musashi golpea la espada de Kinju y luego el hombro

de su adversario. Kinju deja caer su arma... ¡Ha ganado Musashi!

Musashi da la vuelta para inclinarse ante el shogun. Mientras lo hace, Kinju se pone en pie de improviso, agarra su espada y ataca a su contrincante por la espalda. En el último segundo, Musashi se vuelve y golpea con su espada el vientre de Kinju. Éste se dobla hacia adelante y Musashi vuelve a golpearlo ahora en la cabeza. Kinju cae al suelo.

Musashi se inclina de nuevo ante el shogun y se marcha de la arena.

—¡Musashi! —le llamas, al tiempo que corres tras él.

—Ah, mi amigo de la posada —te mira afablemente y sonríe.

—¿Se marcha usted de Kioto?

—Sí.

—¿Puedo ir con usted?

—Suelo viajar solo —dice tras unos momentos de vacilación—, pero como me hiciste un favor, en este caso haré una excepción: puedes andar conmigo durante un trecho.

Sonríes. Estás más cerca de cumplir tu misión: Musashi te considera un amigo.

El gran guerrero quiere que le afilen y pulan la espada antes de salir de Kioto. Pasarán dos días antes de que esté a punto.

Retornas a la Casa de las Hojas con él. Te cuenta algunas de sus aventuras mientras aguardáis a que le compongan la espada. El espadero le ha dado otra arma hasta que la suya esté afilada, de modo que Musashi está armado, como todo buen samurai.

A la noche siguiente, sales a dar un paseo solo —Musashi está durmiendo en su habitación— y se te ocurre una idea interesante. La espada de Musashi está en el taller del espadero. Podrías cogerla de allí y nadie lo sabría. Musashi dispone de una nueva espada para su uso, de modo que seguramente no la echará de menos, y el espadero tiene muchas espadas. ¿Deberías hacerlo? Te ahorraría mucho tiempo y nadie saldría perjudicado. ¿O deberías continuar viajando con Musashi?

**Vas a la tienda del espadero.
Pasa a la página 118.**

**Partes con Musashi.
Pasa a la página 100.**

Musashi te ha ofrecido una recompensa por haberle salvado la vida y sientes tentaciones de pedirle su espada y terminar con éxito tu misión. Pero sabes que la espada de un samurai es su «alma» y no quieres ofender a Musashi pidiéndole demasiado. Meneas la cabeza y sonríes.

—No quiero una recompensa —dices—. Hice lo que era correcto, era una cuestión de honor.

El gran guerrero te sonríe, luego afirma con la cabeza.

—Bien —te contesta—. Hablas como un verdadero samurai.

Se da cuenta de que miras fijamente su espada.

—¿Te gusta esta arma?

Tragas saliva nerviosamente y asientes.

—Sí.

—Pues un día, cuando ya no la necesite, ten por seguro que será tuya.

Se te corta la respiración. ¡Acaba de decirte que te dará su espada! Pero, ¿cuándo?

¿Cómo podrías preguntárselo sin parecer ansioso?

—Esto me honra —manifiestas—, pero ¿cuándo un samurai no necesita más su espada?

—Otro samurai lo sabrá —sentencia Musashi y sonríe aún más.

Antes de que puedas decir algo más, añade:

—Tengo que hacer parte del viaje solo. ¿Lo comprendes?

Asientes, aunque no estás seguro de entenderlo. Quizá sus viajes tienen algo que ver con seguir el camino del agua.

—Adiós, entonces, amigo mío. Quizá algún día volvamos a encontrarnos.

Miras como se aleja.

¿Cuándo un samurai ya no necesita su espada? ¿Cómo podrías descubrirlo?

Quizá podrías adelantarte al tiempo, situarte en una biblioteca de Edo y consultar qué escribieron sobre Musashi los distintos historiadores. O tal vez retroceder a Kioto para aprender más de los samurais.

Avanzas hasta 1870, en Edo.
Pasa a la página 122.

Retrocedes a Kioto.
Pasa a la página 68.

LLEGAS a la ciudad de Kioto, en 1605, pero al cabo de un momento te das cuenta de que aún faltan algunos meses para el torneo de kendo.

Te dispones a avanzar ese tiempo de un salto cuando pasa cerca de ti un grupo de samurais armados que hablan en voz alta.

Un samurai, de pie en la puerta de un gran edificio, mira cómo los otros se van.

Te diriges a él, y le preguntas:

—¿Qué pasa?

—Se marchan a un duelo —contesta y escupe en la calle—. En la escuela de espadachines de Yoshioka todos estamos avergonzados. Un solo hombre, Miyamoto Musashi, nos ha hecho quedar como unos estúpidos.

¡Enhorabuena, Musashi está aquí! Quizá puedas ahorrarte franquear la barrera del tiempo y hablar abiertamente con él!

—¿Qué ha ocurrido?

—Musashi desafió a nuestro instructor en duelo. Hirió a Seijiro hasta casi matarlo, de manera que es una cuestión de honor y de venganza para nosotros. El hermano de Seijiro, Denshichiro, desafió a Musashi y éste lo mató. ¡Musashi es un demonio! Ahora sólo el joven Hanshichiro —muchacho de trece años— puede lavar el honor de la familia —mueve la cabeza, afligido, el samurai.

—¿Quiere decir que un chico de trece años se enfrentará con Musashi?

—Oh, no. Tiene que desafiarle, para hacer las cosas honorable y correctamente, pero los estudiantes lucharán por él.

—¿Significa esto que un estudiante ocupará su lugar? ¿Pero qué puede hacer un estudiante allí donde han fracasado dos profesores?

—No será un solo estudiante: serán todos ellos. ¡No podemos permitir que Musashi escape! ¡En tanto viva, no tendremos honor!

Sabes que el honor tiene la máxima importancia para esta gente, pero cabe preguntarse ¿dónde está el honor en la lucha de toda una escuela contra un solo hombre?

Bueno, tu misión continúa siendo lograr la espada de Musashi.

Si el gran luchador está aquí, debes intentar localizarlo.

El samurai te da las señas de donde se celebrará el duelo.

En las afueras de la ciudad, hallas una arboledita de pinos próxima a un campo de arroz. Hay allí un gran grupo de hombres. Está a punto de oscurecer y parece que los hombres estén desperdigándose y escondiéndose.

Bajo un gran pino, cerca del centro de la arboleda, un chico joven, que lleva armadura de batalla, está rodeado por ocho hombres, todos samurais, con dos espadas en los cinturones. El muchacho debe ser Hanshichiro.

Caes en la cuenta de que es una trampa. Hay veinte o treinta hombres escondidos que esperan.

¡Musashi no tendrá ninguna oportunidad de salir airoso!

Alguien tose desde lo alto del árbol a cuya sombra está el grupo que rodea al joven. Miras hacia la copa y ves a un hombre con un mosquete. Sientes un escalofrío, no precisamente a causa del aire del anochecer. No dejan ningún cabo suelto...

—¡Ah! —grita alguien.

De repente, un hombre solo salta en medio del grupo situado bajo el pino. Lleva una espada de madera, que blande como una porra, tan deprisa que casi no la ves. Antes de que el grupo pueda reaccionar, el hombre ha abatido a cuatro de sus miembros. Quedas boquiabierto al ver que golpea duramente al chico. Hanshichiro cae pesadamente al suelo como si fuera un saco de arroz.

El hombre de la espada de madera vuelve a gritar y tira su arma a un lado. Entonces saca sus dos aceros y empieza a danzar entre los hombres, moviéndose circularmente y blandiendo las armas. Los atacados retroceden y sacan sus espadas.

¡Musashi! ¡Ha saltado en medio de la trampa! Ha debido saber que era una encerrona. ¿Por qué ha arriesgado su vida?

Musashi da media vuelta y corre por los campos de arroz. Algunos de los samurais lo siguen, gritando; el resto rodea al muchacho caído.

Te apoyas en un árbol y meneas la cabeza. Todo es muy confuso. Es cierto que los hombres de la escuela de Yoshioka no jugaban muy limpio, ¡veinte o treinta contra uno!, pero eso que ha hecho Musashi de atacar al chico... La verdad, ha sido brutal. Cuanto más ves actuar a Musashi más te percatas de lo peligroso que es.

A Musashi no podía escapársele el hecho de que el

duelo era una trampa —había samurais por todas partes, se distinguían bien—, sin embargo saltó en medio del grupo.

Más honor, piensas, una cuestión de prestigio, de no parecer cobarde.

Has perdido la oportunidad de hablar con él: se ha marchado.

Bien, sabes donde estará dentro de algunos meses: en los combates de kendo.

Asistes al torneo de kendo algunos meses después. Pasa a la página 68.

ANDAS deprisa por las calles de Kioto, hacia el taller del espadero donde sabes que se halla la espada de Musashi.

Si te apresuras, puedes apoderarte del arma en unos minutos.

Encima de la tienda hay un cartel que reza: «Aquí se pulen almas.» Esto es, espadas, ya que, como sabes, a la espada se la considera el «alma» del samurai.

La puerta no está cerrada. Entras con cuidado.

Una lamparita, cerca de la ventana, arroja suficiente luz para que veas el interior de la tienda. Hay montones de espadas, docenas de ellas aguardando ser afiladas y pulidas. Encontrar la de Musashi será cuestión de pocos minutos.

Pero al cabo de poco rato paras de mirar. No puedes diferenciar una espada de otra. Todas se parecen y la única manera de hallar la de Musashi es revisarlas todas. ¡Puede llevarte media noche!

—¿Quién anda ahí?

Pegas un salto. ¡Alguien viene!

El espadero entra en el cuarto, con una larga espada en la mano.

—¡Un ladrón! —vocifera, cuando te ve.

El hombre levanta la espada y se interpone entre tú y la puerta, de modo que no puedes huir por ella. Tantos años de trabajar con espadas deben de haberle dado algún conocimiento sobre su manejo. ¿Qué piensas hacer?

Corres aprisa hacia la lámpara de papel que cuelga junto a la ventana. La apagas de un soplo y la habitación queda a oscuras.

Oyes un sonido como de azote, de algo blandido, que viene hacia ti por delante. ¡Debe ser el espadero blandiendo su espada! ¡Y se te está acercando!

No puede verte en la oscuridad, pero tarde o temprano te alcanzará con su arma. Te equivocaste al planear robar la espada de Musashi. Robar no es la manera de cumplir tu misión. No es honorable y te ha puesto en un aprieto.

Retrocedes unos cuantos años.
Pasa a la página 114.

Coges la larga espada de acero. Musashi no la necesitará.

Súbitamente, los ojos del anciano se abren. Te miran fijamente. Antes de que puedas moverte, Musashi agarra la espada corta y la desenvaina. Tratas de saltar a un lado, pero comprendes que el viejo samurai te herirá en menos de un segundo. Derribas con el pie la lamparita y todo queda a oscuras. No obstante, eso no detendrá a Musashi. Lo sabes.

—¡Adiós, ladrón! —te dice Musashi.

¡Franquea la barrera del tiempo, ahora!

Pasa a la página 38.

Viajas a través del tiempo hasta el año 1870, en Edo. Cuando era viejo, Musashi escribió una obra titulada *Un libro de cinco anillos,* acerca de su modo de pensar. Tal vez en él dijo algo sobre lo que sucede cuando un samurai ya no necesita su espada.

Sin duda, Edo ha cambiado desde que lo viste por última vez. La ciudad es grande y crece. Los edificios son mayores y están más próximos. Pides a un muchacho que vende periódicos las señas de la mejor biblioteca de Edo.

El vendedor de diarios te dice que la ciudad ya no se llama Edo sino que ha sido rebautizada como Tokio.

Otra cosa extraña que notas: no se ve a ningún samurai andar por la calle. El chico te cuenta que está prohibido por la ley llevar las dos espadas.

Mientras te diriges a la biblioteca empieza a llover. Entras en ella antes de que llueva a cántaros.

Hallas un ejemplar de *Un libro de cinco anillos* y comienzas a leerlo. Musashi ha dividido su obra en cinco partes: tierra, agua, fuego, viento y vacío. Cada sección trata de un aspecto diferente de la lucha con espada. El autor habla de estrategia, de maneras de cortar con la espada, de cómo permanecer de pie y moverse.

A medida que lees, te das cuenta de que el breve libro es algo más que una simple serie de instrucciones sobre la lucha. Por ejemplo, cuando Musashi dice que siempre hay que estar tranquilo y alerta, comprendes que se refiere a todas las ocasiones y no sólo a las de la lucha.

El libro resulta interesante, pero en él no parece haber nada sobre cuando un samurai ya no necesita su espada.

Aguarda. Esa famosa leyenda: «La espada es el alma del samurai» quizá sea la clave. ¿Cuándo un samurai ya no necesita su alma? ¡Pues cuando ya no necesita un cuerpo donde llevarla!

Vuelves a mirar el libro. Al final hay una parte, escrita por otra persona distinta de Musashi, que habla de la vida de éste. Dice que vivió en Ogura, en la isla nipona de Kiu-Shiu, desde 1634 hasta su muerte en 1645 a los sesenta y un años de edad. ¡Allí es donde debes ir!

**Retrocedes hasta 1645, en Kiu-Shiu.
Pasa a la página 101.**

TE dispones a salir de la cueva cuando alguien, como desde muy lejos, te dice:

—Aguarda.

¡Es la voz de Musashi!

—Creí que estaba... —lo miras.

—Sí. Una prueba final para un estudiante —dice el viejo guerrero y sonríe—. Si hubieras elegido robarme la espada, lo habrías pagado con tu sangre. Pero creíste que estaba muerto y, sin embargo, no me la has quitado. Esto es el distintivo de un samurai: ¡una persona de honor!

Lo miras fijamente.

—Ven aquí —te dice.

Te acercas a él.

—¿Cuál te gustaría? —señala las espadas.

—No importa —sonríes.

—En los últimos veinte años, ésta es la que he usado más —y coge la espada de madera.

La espada de madera tiene la forma de las de acero, excepto que es mucho más gruesa. La madera pulida —fresno o roble— brilla a la luz de la lamparilla.

Musashi continúa hablando.

—Para un estudiante del camino, da igual el tamaño, la forma o el material de una espada. Lo que importa es el espíritu. El metal se oxidará, la madera se pudrirá, pero el espíritu no puede morir —pone la es-

pada de madera en el suelo—. Mi camino en esta vida ha terminado. Quizá empezaré otra en algún otro lugar y tiempo. Coge la espada que quieras.

Esta vez, cuando cierra los ojos, sabes que Miyamoto Musashi ha entrado verdaderamente en su descanso final. Pero no estás triste, porque él no lo estaba. Como él mismo dijo, hizo todo lo que quiso en la vida y pocas personas pueden afirmar eso.

Te inclinas y coges la espada de madera. Aún está caliente de la mano de Musashi. Saludas a Musashi con la espada y sales lentamente de la cueva.

Has cumplido tu misión y, además, has aprendido muchas cosas acerca del camino de la espada y del código de honor de los samurais.

MISIÓN CUMPLIDA

LISTA DE DATOS

www.ingramcontent.com/pod-product-compliance
Lightning Source LLC
Chambersburg PA
CBHW060353180626
46817CB00008B/2992